Una OPORTUNIDAD de ORO

Sarah Moore Fitzgerald

Una OPORTUNIDAD de ORO

Traducción:
SONIA FERNÁNDEZ ORDÁS

Título original:
A VERY GOOD CHANCE

Diseño e imagen de cubierta:
LEO NICKOLLS

Adaptación de cubierta:
GRÁFICAS 4

Fotografía de la autora:
LIAM BURKE

Este libro ha sido publicado con el apoyo de Literature Ireland
© del texto: SARAH MOORE FITZGERALD, 2016
© de las ilustraciones: LEO NICKOLLS, 2016
© de la traducción: SONIA FERNÁNDEZ ORDÁS, 2017
© MAEVA EDICIONES, 2017
 Benito Castro, 6
 28028 MADRID
 emaeva@maeva.es
 www.maevayoung.es

 ISBN: 978-84-16690-83-1
 Depósito legal: M–9.020–2017

 Preimpresión: Gráficas 4, S.A.
 Impresión y encuadernación: Huertas, S.A.
 Impreso en España / Printed in Spain

Para Elizabeth Moore

1

Ned Buckley y Martin Cassidy se incorporaron a nuestra clase hacia la mitad del segundo trimestre. Desde que llegaron, jamás se veía a uno sin el otro. Tenían los mismos andares, el mismo carácter reservado y la misma expresión taciturna en sus rostros. Por lo demás, no se parecían en nada. Martin tenía los ojos claros y pequeños. Era pelirrojo, de cara redonda y, cuando apretaba los puños, los nudillos se le ponían morados.

Ned tenía las manos muy morenas, igual que la cara. Sus ojos eran tan grandes y tan oscuros que parecía que los llevara pintados. Aunque, conociendo a Ned Buckley, aquello era muy poco probable. Recuerdo cómo, desde que llegaron, Laura no hacía más que darme codazos para que dejara de mirarlo embobada. Pero yo no podía apartar los ojos de él.

Nuestra profesora de Historia, Serena Serralunga, insistía en que deberíamos esforzarnos por conocerlos mejor, pero no es nada fácil llegar a conocer a dos personas que no hablan, que no miran a nadie al entrar en clase y que se esfuman a cualquier hora del día sin motivo aparente. Antes de desaparecer para siempre, Martin Cassidy asistió a clase dieciocho días. Al poco tiempo, ya no era capaz de recordar nada de él, excepto el color rojo de su pelo y el morado de sus puños. No es que nos hubiéramos esforzado mucho, pero, seamos justos, tampoco él nos dio demasiadas oportunidades.

Serena Serralunga nos dijo que hay momentos en los que lo único que una persona necesita es alguien que le tienda una mano amiga, que le diga dónde está la máquina expendedora o que le dirija una palabra amable, y que esas pequeñas cosas a veces logran convencer a esa persona para que siga viniendo a clase cuando quizá esté pensando en dejar de hacerlo.

No recuerdo que nadie tan siquiera intentara hablar con Ned o con Martin los primeros días; ¿por qué íbamos a hacerlo, cuando todo el mundo prefiere hablar de los demás a sus espaldas? Así es el instituto de Ballyross, donde Brendan Kirby es el rey.

Nos enteramos de que Martin Cassidy había sufrido un accidente; Serena Serralunga nos dijo que se había caído de un caballo. Brendan Kirby se rio y dejó escapar uno de esos resoplidos que soltaba cuando se divertía con la mala suerte de otra persona. No se habría reído tanto si le hubiera pasado algo así a Dougie o a Laura, o incluso a mí, aunque quizá sí. Brendan siempre había encontrado desternillantes las desgracias ajenas, pero a Ned Buckley y Martin Cassidy les tenía una manía especial.

Para ser sincera, todos les teníamos un poco de manía. Y los motivos eran algo complicados y difíciles de explicar.

Recuerdo la primera vez que oí la voz de Ned Buckley. Brendan estaba sentado en la última fila, con su grupito alrededor, como de costumbre.

–Sale a montar al otro lado del río con una pandilla de salvajes. Y se ha roto el coxis. ¿Alguien sabe lo que es? –Para su satisfacción, nadie lo sabía–. ¡El hueso del culo! ¡Ja! Y ahora se larga con el culo roto a otra parte. Su familia nunca se queda mucho tiempo en el mismo sitio, ¿sabéis?

Todos asintieron, como si Brendan fuera la mismísima fuente del saber.

Nadie se percató de que Ned Buckley estaba sentado en su pupitre, en el rincón opuesto. Se levantó despacio y cruzó la clase en dirección a Brendan.

Ned llevaba tanto tiempo sumido en un silencio permanente e inescrutable que ni aunque le hubieran crecido alas y hubiera echado a volar por encima de nuestras cabezas nos habría sorprendido tanto.

–No deberías hablar de lo que no entiendes.

Su voz sonó fuerte y decidida. Clavó sus ojos en los nuestros durante unos instantes y no pudimos por menos que quedarnos mirándolo boquiabiertos.

A continuación, Ned hizo lo que solía hacer cada día al terminar las clases: salir del aula sin mirar atrás.

Aún hoy recuerdo cómo nos afectaron sus palabras, cómo rompió su silencio y cómo con ello quería evitar que Brendan diera rienda suelta a su malicia sobre el tema de Martin Cassidy; cosa que, para ser sinceros, Brendan solía hacer sobre cualquier tema.

Después de aquel episodio, comenzaron a cambiar algunas cosas en clase. No fueron demasiado evidentes, pero sí significativas. Por ejemplo, desde entonces, Brendan siempre echaba una mirada alrededor antes de sentarse con su grupito a chismorrear.

2

Los árboles forman un túnel en el arranque de Nettlebog Lane. Es una carretera estrecha y sinuosa que conduce al río, con una franja verde e irregular de hierba que discurre por el medio como si fuera una línea continua.

Cuando llegas al final, te encuentras en la orilla donde el río es más ancho y parece que no se va a terminar nunca. Es como hacer algo en secreto, como si te acercaras al borde de algo arriesgado y clandestino. El río describe una curva grande y pronunciada; se llama El Codo del Gigante, y justo en el recodo crece un frondoso bosquecillo. Incluso en invierno, cuando Nettlebog parece el lugar más castigado por el viento y más inhóspito del mundo, esos árboles permanecen verdes, oscuros, fuertes y exuberantes.

Cada vez que te acercas hasta allí, sientes una sensación de libertad y euforia que te da ganas de gritar.

A la mayoría de los padres y adultos les encantan las actividades que nos obligan a salir al aire libre, pero para los padres del instituto Ballyross, Nettlebog es zona prohibida. Hay miles de motivos por los cuales se supone que nadie debe acercarse por allí.

Dicen que es por la fuerte corriente del río y porque no hay luces en ninguna de las dos orillas.

Por lo visto, los padres creen que te pueden pasar cosas malas si vas a Nettlebog. Existe la convicción de que, quien lo haga, resbalará, caerá al río y morirá ahogado.

Fue Laura quien me dijo que era verdad que alguien se había ahogado allí, pero Laura es un poco fantasiosa, así que no siempre se puede creer lo que dice. Si buscas en Google «Nettlebog, ahogamiento» o «Ahogamiento, Nettlebog», o incluso «Muerte, Nettlebog Lane», o cualquier combinación parecida, no hay ningún resultado, así que me imagino que será una de esas leyendas urbanas que mantienen a todo el mundo alejado del lugar.

Pero si prestas atención al agua y te das cuenta de lo profunda y oscura que es, y de cómo lame la orilla rocosa y que de pronto la rebosa y sube inesperadamente, la posibilidad de que alguien se ahogue no parece tan descabellada.

Te puedes ahogar en una charca. Y el río de Nettlebog es mucho más profundo.

Cuando era pequeña, me gustaba cuando papá y mamá decían: «Arminta, no debes ir nunca a Nettlebog».

Eran tiempos en que hacía lo que me mandaban y no me importaba que me llamaran Arminta. Obedecer me hacía sentir segura.

Pero han cambiado muchas cosas. Para empezar, ahora todo el mundo me llama Minty. En segundo lugar, siento que es un rollo tener unos padres que estén diciéndome constantemente lo que tengo que hacer. Y vale, sí, lo entiendo, a nuestros padres no les hace gracia que vayamos al lugar donde posiblemente alguien murió ahogado. Va contra su instinto. Pero yo había empezado a darme cuenta de que los padres no pueden decidirlo todo. Había cosas sobre las que tenía que tomar mis propias decisiones. Además, estaba esa fuerza de atracción de Nettlebog que terminaba por arrastrarme hasta allí. Como a veces ocurre con la música, o con un color. Además, tenía esa mezcla mágica de olores, única e indescriptible, a hierbas, frutos secos, madera y turba. Me gustaba inhalar esos aromas, que impregnaban mi mente y me hacían sentir tranquila y segura, pero, al mismo tiempo, también algo inquieta, como pasa con los lugares misteriosos.

Yo fui la primera en bajar a Nettlebog. O, mejor dicho, eso creía.

Resulta que prácticamente todos los que van allí creen que han sido los primeros en hacerlo. Y tampoco soy la única que experimenta esas sensaciones. Dougie me dijo que antes él también creía que era la única persona que conocía Nettlebog.

—Igual que yo —dijo Laura cuando se lo contamos.

Y nos prometimos que en lo sucesivo no volveríamos a acercarnos por allí a menos que fuéramos los tres juntos. Era una especie de pacto, aunque no sé muy bien por qué.

Por entonces aún había muchas cosas de Nettlebog que desconocíamos. Por ejemplo, no sabíamos que había una caravana escondida tras el círculo de árboles apiñados, y no sabíamos que en esa caravana vivían dos personas, ni sabíamos que una de ellas era Ned Buckley.

3

Seguramente habríamos tardado mucho más tiempo en descubrirlo si no hubiera sido por la hoguera y el cobertizo. Había también dos caballos, y ambos eran de Ned. Y no eran salvajes ni peligrosos como decían por ahí. Uno tenía el pelaje negro y marrón, el otro gris muy pálido. Los dos eran increíblemente hermosos. Ned había construido el cobertizo para los caballos. Oímos los golpes y los martillazos durante varios días.

Los árboles parecían más frondosos y tupidos, como si de alguna manera crecieran más deprisa de lo normal. Envolvían la caravana como una fortaleza, justo al borde del agua.

Una noche, ya muy tarde, bien pasada la hora en la que se suponía que tenía que estar durmiendo, noté que se filtraba un olor a humo y oí los pequeños estallidos y el chisporroteo de una hoguera. Me levanté y fui a sentarme junto a la ventana abierta. Unas sombras extrañas se proyectaban y titilaban en mi habitación.

«¡NETTLEBOG ESTÁ ARDIENDO!», decía el mensaje que me acababa de mandar Dougie.

Su hermana pequeña había entrado corriendo en su cuarto y lo había despertado, convencida de que había un dragón bailando en el medio del río, me dijo.

Pensé en llamar a los bomberos, pero, a pesar del resplandor y de su espectacularidad, Dougie y yo coincidimos en que el fuego parecía estar controlado. Al final no hicimos nada más que observarlo en la oscuridad.

Cuando por fin regresé a la cama, se había atenuado hasta convertirse en una mancha pálida anaranjada en medio de las tinieblas.

Dougie, Laura y yo bajamos al día siguiente después de clase. Había una caravana oxidada y llena de abolladuras que jamás habíamos visto, y en un roble enorme alguien había atado una cuerda de la que colgaba un neumático que se inclinaba sobre el río.

Eso era lo que tenía Nettlebog: que era completamente distinto a todo lo que formaba parte de nuestras vidas. Ballyross Grove, donde vivíamos, estaba justo al lado, pero no tenía árboles tan altos ni espacios lo bastante amplios como para colgar un columpio como aquel.

Ballyross Grove es una calle sin salida. Las casas forman una curva y están apretujadas unas junto a otras. Da lo mismo en que acera estés, las casas de enfrente parecen rostros apiñados con puertas como bocas rectangulares y ventanas como ojos cuadrados. Todo cuidado y seguro, pulcro y en orden.

Sentimos curiosidad, y también interés y fascinación, por el resplandor de Nettlebog y los sonidos procedentes de aquella zona; pero, aunque no lo reconociéramos, creo que al mismo tiempo nos sentimos algo molestos. Nettlebog había sido nuestro lugar de encuentro. Era nuestro secreto. Y ahora nos dábamos cuenta de que Ned estaba allí para hacerlo resplandecer en medio de la oscuridad, colgar columpios de los árboles y comportarse como si fuera el dueño del lugar.

Después de aquello, Dougie se asomaba a menudo a la ventana para observar Nettlebog. Una vez vio a Ned columpiándose en el neumático negro.

–Estaba columpiándose de un lado a otro sobre el agua. Y vociferando.

–¿Vociferando, qué? –pregunté.

–Ni idea –contestó Dougie–. Decía algo a gritos.

Así que Ned Buckley era nuestro vecino. Vivía en medio del misterio de Nettlebog.

Imaginé cómo sería ser amiga –pero amiga de verdad, de las buenas– de Ned Buckley. La idea arraigó en mi interior como algo muy preciado.

Sin embargo, según Brendan, Ned no era de los que hacen amigos, y todo el mundo le tenía algo de miedo. Por lo visto, Ned Buckley no valía la pena.

Ned fue el motivo por el que tuvieron que poner un
marcapasos al señor Doyle.

El señor Doyle estaba sentado en su coche hablando
por teléfono cuando Ned se acercó al galope a lomos de
uno de sus caballos, directo hacia él. Yo lo vi mientras
aparcaba la bicicleta. El señor Doyle volvió la cabeza, abrió
los ojos como platos y levantó las cejas hasta la mitad de la
frente.

Debe de ser impactante ver a alguien avanzar a galope
tendido justo en dirección a tu coche, aunque no estés
sentado en el asiento del conductor. Todavía me acuerdo
de la expresión del rostro estupefacto del señor Doyle
mientras Ned se le acercaba.

–¡Paren a ese chico! –gritó el señor Carmody, nuestro
director, que corría y agitaba los brazos como un perso-
naje de dibujos animados mientras Ned emprendía otra
vez su carrera. Sin embargo, no hubo manera de parar

a Ned. Cuando montaba, tenía sus propias reglas. Nadie podía detenerlo.

Así que el señor Carmody echó a correr en dirección al señor Doyle, que se había quedado petrificado en el coche, con las manos aferradas al volante como si estuvieran sujetas con pegamento.

—Desde luego, después de esto Ned Buckley va a tener un problema serio —dijo el señor Carmody con voz sombría al entrar en nuestra clase.

—A ver si hay suerte —susurró Brendan, cuyo padre tenía la teoría de que Ned era un inadaptado que no respetaba nada ni a nadie.

Después de aquello, soñé varias veces con Ned, y en mis sueños siempre iba sobre su caballo, galopando a cámara lenta, tal como lo había visto, como lo había visto todo el mundo, y me miraba con sus ojos oscuros al pasar, mientras el señor Doyle no podía apartar la vista de él desde su coche y los demás observaban la escena pálidos y estupefactos.

De pronto, el señor Carmody pareció muy interesado en hacernos ver que el señor Doyle llevaba años con un problema en el corazón que no se había manifestado y que su hospitalización no tenía nada que ver con el incidente con Ned. Y también que era peligroso insinuar lo contrario, porque ello concedería a Ned un poder que, en su opinión, no merecía. Los profesores tienen una reputación que proteger. Dougie concluyó que el señor Doyle no quería que nadie lo tomara por un blandengue.

Y, además, según la mayoría de nuestros profesores, se supone que no se debe dar poder a los chicos salvajes que van a caballo. Lo único que se consigue es darles alas.

5

Serena se posicionó del lado de Ned Buckley desde el principio, lo cual fue una suerte para él, porque, aunque fingieran lo contrario, ningún otro profesor estaba de su parte. Había muchos motivos que hacían a Serena distinta de los demás.

Cuando en una ocasión le preguntamos qué hacía en Irlanda, nos dijo que había venido por amor; lo cual, aseguró, era un motivo habitual por el que un montón de gente va a muy distintos sitios.

Procedía de una ciudad del norte de Italia donde siempre brillaba el sol. Nos preguntábamos cómo sería capaz de soportar la melancolía de la lluviosa Ballyross. Los demás profesores llevaban jerseys llenos de bolitas, bufandas finas y grisáceas y zapatos muy serios. Ella vestía trajes impecables de cachemir que le enviaba un sastre toscano. De vez en cuando, algunos profesores hacían comentarios sobre ella: que no tenían ni idea de cómo no le salían juanetes con los tacones que llevaba o que de dónde sacaba el tiempo para arreglarse el pelo cada mañana. A excepción de un mechón plateado en el medio, Serena tenía el pelo negro y brillante. Su voz sonaba a silbido y chisporroteo, como los fuegos artificiales. Tenía un viejo coche rojo italiano que rugía como un secador.

Decía que su trabajo no consistía en hacerse querer. Su trabajo era dar clase, y eso no es un concurso de popularidad. Daba por sentado que todo el mundo tenía que trabajar duro. No había excusas, decía, para no dar lo mejor de uno mismo.

Podía hablar sobre los primeros pobladores de Irlanda, el levantamiento contra los ingleses de 1916 o la toma de posesión de Mary Robinson, la única mujer que había llegado a la presidencia de nuestro país, y nunca resultaba tediosa ni aburrida.

Nos pidió que la llamáramos por su nombre de pila. Nos contó que pertenecía a una ilustre familia de la aristocracia.

Cuando se trata de la opinión que quieres que los demás tengan de ti, nos dijo una vez, nada es más importante que *la bella figura,* que no consiste tanto en estar guapa como en la manera de entrar en una sala.

Cuando Serena entraba en clase, todo resplandecía durante un instante: las puntas de los lápices, las hebillas de las mochilas, incluso las horquillas, normalmente marrones y sosas, del pelo de Orla Mulvey. Serena dejaba su montón de libros y cuadernos encima de la mesa con ademán resuelto y profesional.

–Chicos, estáis haciendo un poco el vago –nos dijo un día al cruzarnos con ella en el pasillo–. Va a haber un examen relámpago dentro de poco. Deberíais aprovechar este tiempo para estudiar.

Cuando decía «examen relámpago» en realidad se refería a un «control sorpresa», pero ella tenía su propia manera de llamar a las cosas.

–Perdón, Serena –respondimos a la vez, y salimos disparados en todas direcciones como si tuviéramos algo urgente que hacer.

Era Serena quien creía que no debíamos escuchar a Brendan ni a nadie que hablara de la reputación de los demás. Afirmaba que todo el mundo debía forjar su propia opinión, y Laura, Dougie y yo nos mostramos de acuerdo con ella.

–Deberíamos intentar hacernos amigos de Ned –dijo Laura.

–¿Y qué os hace pensar que tiene el mínimo interés en ser amigo nuestro? –pregunté.

Estábamos sentados en los bancos del patio a la hora de comer. Hacía tanto frío que el aire era prácticamente blanco. El aliento de Dougie tomaba la forma de nubecillas de niebla y Laura tenía la nariz colorada.

–Está muy interesado en ti –dijo Laura con esa voz cantarina que usa cada vez que quiere hacerme rabiar.

–¡No es cierto! –dije, consciente de que me ardía la cara.

–Laura tiene razón, Minty –terció Dougie–. Puede que parezca que nunca se fija en nadie, pero siempre te está mirando.

–¡Cállate! –grité, y le di un suave empujón, solo para intimidarlo.

Dougie me devolvió el golpe con tanta fuerza que me caí por el otro extremo del banco.

Convencimos a Dougie de que él sería el más indicado para preguntarle a Ned si quería dar una vuelta con nosotros al salir de clase. La amabilidad de Dougie era legendaria. Nos pareció que sería el gancho perfecto.

Laura y yo nos quedamos remoloneando junto a las taquillas mientras se lo preguntaba.

–Gracias, pero no –fue la respuesta de Ned.

–No te preocupes, Ned, no pasa nada –contestó Dougie.

Y para hacerle ver que su negativa no nos había ofendido, Laura se adelantó y le tendió la mano. Tampoco funcionó. Ned la miró durante un breve instante sin decir nada. Luego se dio la vuelta y se alejó, dejando a Laura con la mano suspendida en el aire.

No era fácil hacerse amigo de Ned Buckley. Aparte de no hablar, tampoco asistía a clase todos los días y, cuando venía, todo el mundo se sentía más cómodo evitándolo. Los profesores nunca le preguntaban, aunque a los demás no dudaban en interrogarnos a fondo sobre la formación de las rocas, los móviles en *Hamlet* o dónde se encontraba la clorofila. A menudo me preguntaba dónde estaría Ned cuando no aparecía por el instituto, qué haría mientras los demás estábamos encerrados en clase, preparándonos para exámenes relámpago. Me lo imaginaba junto a sus caballos y concluía que eran el motivo por el cual faltaba.

Nunca me habían dejado acercarme a los caballos, aunque me encantaban. Ni siquiera me habían permitido acariciar a ninguno en mi vida. Mamá les tiene alergia y se hincha como un globo con solo mirarlos. Así que Ned me daba bastante envidia. Pero no solo por los caballos; tenía más que ver con la libertad que disfrutaba, el no sentir la presión de tener que mostrarse amable o hablar cuando no le apetecía, o sonreír cuando no tenía ganas.

Yo, por el contrario, tenía que hacer un montón de cosas que no quería hacer. Mamá siempre me decía que me mostrara alegre y yo siempre lo procuraba, aunque no me apeteciera lo más mínimo.

En todas partes, la gente que me rodeaba se pasaba la vida fingiendo sentir cosas que en realidad no sentía. Ned era distinto. Quizá no hablara mucho, pero daba la impresión de ser siempre sincero y honesto, y de que nunca fingía ser alguien que no era, ni sentir algo que no sentía, ni decía nada que no quisiera decir. Ojalá yo fuera capaz de parecerme un poco a él.

Quizá os habréis imaginado que capté el mensaje y me mantuve al margen, pero quería creer que Laura y Dougie tenían razón. Quizá Ned sí me miraba. Quizá existiera una oportunidad de poder entablar relación con él.

Supongo que fue esa esperanza la que me impulsó a bajar sola a Nettlebog. Sé que había prometido a Dougie y a Laura que no iría sin ellos, pero había cosas que no podían entender. Y aunque me sentí algo culpable por ir sin su compañía, necesitaba volver a aquel lugar.

Cuando estaba seco, me tendía sobre el suelo cubierto de musgo, mullido como un colchón. Si llovía, podía cobijarme entre los matorrales oscuros y no me caía ni una gota. Por la noche tenía un brillo que parecía irreal, casi como si estuviera en otro planeta, o en un sueño. Cuando brillaba el sol, los rayos se filtraban entre las ramas como si pudieras tocarlos. Y, en todo momento, allí estaba el río oscuro con su suave murmullo, a veces con tanto caudal que no se sabía dónde empezaba el agua y dónde terminaba la orilla, y otras veces con tan poco que se veían raíces retorcidas y los manillares y las ruedas de una bicicleta rota que se había fosilizado y fundido con el cieno como un tesoro oculto. Desprendía de entre el lodo piedrecitas de colores brillantes y me las metía en el bolsillo para observarlas más tarde, cuando me encontrara lejos de Nettlebog y tuviera que estar pensando en otras cosas.

Seguí yendo con Dougie y Laura, pero no les dije nada de mis visitas secretas. Había sido idea de Laura llevar unos trapos cada vez que bajábamos a Nettlebog para borrar las huellas, el barro y el lodo de las ruedas, antes de llegar a casa. Los padres se ponen como fieras si llegas con

26

las ruedas sucias. Dicen cosas como: «Has vuelto a bajar por ese camino, ¿no?», y terminas diciendo cosas como: «No estuve ni remotamente cerca de ese lugar», procurando que la voz suene escandalizada ante la mera insinuación.

Nettlebog nos obligaba a andar atentos, y nos fijábamos en muchas cosas. Por ejemplo, lo turbio y cenagoso que puede llegar a ser el lodo de Nettlebog, o cómo llegaban pequeñas olas a la orilla como ondas sedosas que teñían las piedras de colores de un tono más oscuro. O que había rocas escarpadas por todas partes con las que había que tener cuidado, y que en el terreno más elevado a menudo soplaba una brisa entre los arbustos que los hacía estremecerse como si fueran animales nerviosos y escurridizos que se hubieran escondido allí.

Además del bosquecillo de árboles verdes y frondosos que se apiñaban en la orilla, los demás árboles crecían retorcidos y cimbreados, con ramas como dedos arqueados que parecían querer arañar el cielo.

A menudo el río bajaba turbulento, y por las noches el agua era negra como la tinta. Densa como el aceite. Siluetas fantasmales se asomaban y desaparecían tras los troncos y las ramas. Cada vez que bajaba hasta allí, parecía como si hubiera mil cosas que no había visto antes.

A veces el río era un espejo y otras veces una ventana. Podía estar tan tranquilo que casi parecía que se pudiera caminar sobre sus aguas. Y un instante después fluía sucio y encrespado, como la piel de un enorme reptil que respiraba y se movía. Había muchas cosas sobre el río que no podía saber y, cuando pienso en ello, podría decir lo mismo de Ned. Él era parte de aquel lugar, dormía y se despertaba en el reflejo de toda aquella naturaleza asombrosa, brillante y extraña.

Cada vez que estaba allí sentía una confusa mezcla de paz e inquietud, emoción y miedo.

Era imposible mantenerse apartado de aquel lugar.

Papá era el que tenía un empeño especial en que no fuera a Nettlebog.

Pero se fue de casa el 19 de marzo, día en que para mí perdió todo derecho a decirme lo que podía y no podía hacer, y adónde podía o no podía ir.

El 19 de marzo era el día siguiente a mi cumpleaños. Si aquel era el motivo por el que había esperado para marcharse, la verdad es que no tenía por qué haberse molestado. Pasó la mayor parte del tiempo metiendo cosas en maletas y evitando estar en la misma habitación que mamá. Y cuando ahora vuelvo a pensar en ello, lo que se me viene a la cabeza es la escena de ambos entrando y saliendo a toda prisa de las distintas habitaciones de la casa como si estuvieran representando una obra de teatro mala.

Estaba empezando a convencerme de que si pudiera conocer un poco mejor a Ned, habría otras muchas cosas que también entendería. Me aferraba a los recuerdos de las pocas veces que había oído su voz, pausada y segura, y lo firme y orgulloso que se había mostrado al dirigirse a Brendan en clase. Y con qué desprecio había rechazado nuestra mano amiga, y lo salvaje y, en cierto modo, atractivo que se le veía galopando sobre el caballo de pelaje marrón rojizo como una castaña, las crines negras y los pies y manos blancos.

Lo cierto era que no podía quitarme a Ned de la cabeza. El chico que vivía en una caravana. El chico que tenía dos caballos, que encendía hogueras a medianoche y que se columpiaba sobre el río vociferando palabras indescifrables. El chico del que todo el mundo decía que no valía la pena.

6

Mis padres podían haberme dicho que tenían problemas. Y no es que no lo supiera. Había cientos de indicios: desayunos en silencio en la cocina, dientes apretados en la puerta de la calle, cuchicheos furiosos en el pasillo.

A veces sí intentaban sonreírse el uno al otro, pero yo había aprendido a distinguir casi a la perfección las sonrisas genuinas de los mohines de cumplido. Poco a poco desaparecieron incluso los mohines.

Al poco tiempo no quedó nada entre ellos, excepto la amargura y la ira que llenaban cada una de sus palabras y sus miradas, luchando por estallar y salir al exterior. Cada vez que se hablaban parecía que algo se filtraba en el aire, como un gas tóxico que se escapara por grietas invisibles: sin color y difícil de identificar, pero igual de letal.

A decir verdad, las cosas iban mal desde hacía bastante tiempo. Un día mamá estaba ordenando carpetas viejas y papeles en la sala de atrás, cuando entró papá buscando algo. Dejó la puerta abierta. No pasó mucho tiempo antes de que los oyera hablar en ese espantoso tono contenido. Mamá le tiró a papá un montón de fotografías. Él se quedó completamente inmóvil con los dientes apretados mientras las fotos revoloteaban a su alrededor.

Si alguno de ellos se hubiera dado la vuelta en aquel momento, me habría visto observándolos, lo cual obviamente habría empeorado las cosas, así que corrí a mi cama y me escondí bajo el edredón entre jadeos, sintiéndome como si hubiera sido yo la que había obrado mal.

Cuando papá entró a darme las buenas noches, parecía que acababa de participar en una carrera. Una gota de sudor recorría una de sus sienes.

–¿Qué pasa? –pregunté.

–Escucha, cariño –empezó con un suspiro–, hay un problema, es cierto, pero es solo entre tu madre y yo, así que no puedo..., no puedo...

Papá estaba triste y con la cara descompuesta, y me di cuenta de que le temblaba la barbilla. Así que hice lo que siempre hacía cuando entre papá y yo se producía una situación incómoda: intenté relajar la tensión.

–Venga, papá, ya pasó. ¡Vamos! Tranqui, tronco.

Puede que eso de «Tranqui, tronco» parezca una auténtica bobada, pero eran nuestras palabras mágicas. No sé por qué empezó a decírmelo cada dos por tres cuando yo era pequeña. A los dos nos hacía muchísima gracia. Es bueno tener una contraseña para usar en situaciones delicadas, y en aquel momento me alegré especialmente, porque le hizo reír, como siempre.

Nadie se sentó a hablar conmigo como hacen en las películas. Nadie me explicó nada ni me puso al corriente de lo que estaba pasando entre mis padres. Siempre que intentaba sacar el tema, me repetían una y otra vez que era algo entre ellos y que estaban procurando no involucrarme, ni dejar que me afectara.

Pero cuando los miembros de tu familia llevan varios meses seguidos con caras largas –«siento tener que darte una mala noticia»– y te afecta –porque tiene todo que ver contigo– alguien debería tener la decencia de contártelo.

No es que no lo hubiera adivinado yo sola. No hacía falta ser Sherlock Holmes ni nada parecido.

La cosa llegó a tal extremo que el simple hecho de entrar en mi casa me hacía sentir como si alguien se hubiera sentado encima de mí y quisiera dejarme sin respiración. Abría las ventanas para intentar que entrara un soplo de aire fresco como si pudiera librarnos de la apatía y el silencio, el abatimiento y la amargura.

Pero papá y mamá corrían a cerrarlas, extrañados de mi interés por calentar el mundo exterior, y me preguntaban si acaso tenía la impresión errónea de que les sobraba el dinero.

Un día sonó el teléfono de mamá, y ella torció la boca con un gesto mitad de tristeza, mitad de enfado. Colgó y tiró el móvil al interior del cuenco que había en el centro de la mesa de la cocina.

–¿Quién era?

Mamá se pasó la mano por los ojos y me dedicó una de sus sonrisas frágiles, sin sentido y carentes de felicidad.

–Ah, no es nada, Minty. Nada, cariño. No te preocupes.

Lo entiendo. Me doy cuenta de cuándo alguien no quiere hablar y no soy el tipo de persona que ande presionando para que le cuenten nada, así que dije «vale», y le pregunté si le apetecía una taza de té, y mamá me contestó que le vendría genial.

–Vamos –dijo–. Hoy brilla el sol por primera vez desde hace mucho tiempo y han empezado a abrirse las dalias y parece como si el jardín estuviera despertando. Salgamos para aprovecharlo al máximo.

Al día siguiente, papá llegaba tarde a trabajar y con las prisas se dejó el teléfono encima de la mesa de la cocina. Sonó tres veces.

En la pantalla parpadeó la palabra «LINDY» sobre la foto de una mujer rubia y radiante con un enorme ramo de flores en las manos.

Para ser una persona que jamás se mete en los asuntos de los demás, me sorprendió lo difícil que resulta dejar que suene un teléfono, sobre todo al verlo vibrar justo delante de mí. Así que al cuarto tono, me lancé.

–Al habla la hija de Richard Malone –contesté con el tono oficial y afectado que me gusta emplear de vez en cuando.

Pero, justo en aquel momento, papá irrumpió en la cocina como una exhalación.

–¡Por el amor de Dios, Minty! –gritó–. ¿Quieres dejar de enredar con ese teléfono y devolvérmelo?

Se comportaba como si lo hubiera hecho a propósito, como si le hubiera robado el teléfono o algo así; como si no hubiera sido él quien, siempre distraído viviendo en su nebulosa, se lo hubiera olvidado.

–¡Lo necesito!

Me lo arrebató con brusquedad, se lo metió en el bolsillo del abrigo a toda prisa y volvió a salir. Sabe Dios si la persona que llamó estuvo en línea todo el tiempo, escuchando cómo se ponía como un loco por una tontería.

Me dieron ganas de salir corriendo tras él y gritarle. Quería que se enterase de que no era más que un viejo gruñón y maleducado. Pero, por el contrario, hice lo que hacen las personas maduras cuando están molestas: le mandé un mensaje de texto.

«No fue culpa mía que te olvidaras tu estúpido teléfono. Solo intentaba ayudar.»

«Perdona, cariño. Estoy muy agobiado. Acelerado. Te quiero. Malo.»

¿Quería haber firmado como «Malone» o me estaba poniendo al corriente de su estado emocional? Fuera como fuera, me alegré de que hubiera tenido el detalle de disculparse.

✓

Cuando era pequeña, mis padres pusieron en el techo de mi cuarto unas pegatinas de los planetas que brillaban en la oscuridad. En aquellos tiempos, me resultaba reconfortante mirarlas. Me fascinaban. Pero, últimamente, cuando estaba tumbada en la cama sin poder dormir, me recordaban cosas en las que no quería pensar. Que papá y mamá eran felices cuando las pegaron allí y que un día, no sabía exactamente cuándo, habían dejado de serlo. Aquella luz falsa ya no me reconfortaba, no igual que antes. Ya no.

La actitud conciliadora de papá no duró mucho. Estaba cortando cebolla para la cena mientras yo ponía la mesa cuando se me ocurrió preguntarle:

–¿Quién es Lindy?

A papá se le resbaló el cuchillo y se hizo un buen tajo en un dedo.

Tuve que buscar en cincuenta sitios distintos hasta encontrar una venda mientras papá permanecía en medio de la cocina, con sangre chorreando sobre las baldosas. Según él, la culpa había sido mía por haberlo distraído.

Los secretos en el seno de la familia pueden hacer que te sientas como si hubiera un ser enfurecido encerrado en tu cabeza y lanzando objetos pesados.

Me sentí aliviada cuando llegó el sábado por la mañana. Papá salió temprano para jugar al tenis con su jefe y mamá fue a clase de pilates. Sin embargo, no pude disfrutar demasiado de aquella paz y tranquilidad, porque poco después de que la calma se hubiera instalado en casa, sonó el timbre de la puerta.

Era Lindy en persona. Tardé uno o dos segundos en darme cuenta de dónde había visto aquella cara: me miraba desde la pantalla del teléfono de papá mientras la palabra «LINDY» parpadeaba una y otra vez.

Le dije que papá no estaba, y ella dijo que ya lo sabía, y que no era a mi padre a quien buscaba. Era con mi madre con quien quería hablar.

—Lo siento, no es posible. Tampoco está. Tendrá que darme el recado a mí.

Me miró pensativa unos instantes y luego dijo:

—Escucha, ya sé que es una situación complicada y todo eso, pero tu padre merece ser feliz.

Todo el mundo merece ser feliz, no solo mi padre, pensé que debía haberle dicho, pero no se me ocurrió hasta mucho después de que se fuera.

—Bueno, ¿puedes decirle a tu madre que he venido y que me gustaría hablar con ella?

—Puede decirme a mí lo que sea. Soy perfectamente capaz de transmitirle su mensaje.

Respondió que no, que prefería no hacerlo, pero que gracias de todos modos.

—Vale, ¿puedo decirle a mi madre de qué se trata?

—Probablemente ya lo sepa —contestó Lindy. Se volvió con gracia y se dirigió hacia la verja a saltitos, con sus bailarinas color oro, su falda blanca vaporosa y su piel bronceada.

7

Cuando papá por fin se decidió a decirme que se iba de casa no me sorprendí demasiado.

Lo anunció el día anterior a mi cumpleaños y se fue al día siguiente, así que no hará falta que diga que aquellos tres días fueron una juerga continua e intensiva.

Después, lo único que mamá repetía una y otra vez era lo importante que era mostrarse animado.

Así que yo echaba el pestillo de mi cuarto, me acercaba despacio a un rincón y me arrodillaba. Después me hacía un ovillo como si quisiera ocupar el menor espacio posible y me dedicaba a llorar en silencio con las lágrimas rodando hacia mi oído, y así me quedaba durante un buen rato; luego, me levantaba, me lavaba la cara, me cepillaba el pelo, me arreglaba la ropa, abría el pestillo y fingía que no había llorado.

Ser feliz no es algo que te pasa, repetía mamá.

–No me tomes el pelo –respondía yo.

–Claro que no te tomo el pelo. Ser feliz es algo que eliges. Fíjate en mí, por ejemplo, Minty. Me refiero a que bien podía estar hecha polvo por..., bueno, por el montón de cosas distintas que están ocurriendo últimamente, pero ya ves, no dejo que la situación me supere. Me niego. Adivina por qué. Pues porque he elegido ser feliz.

No pensaba discutir con ella. Aunque fuera evidente que mentía como una bellaca.

–¡Estamos perfectamente! –respondía a cualquiera que se interesara y nos preguntara por cómo estábamos.

Aseguraba que aquella situación no era más que un ejemplo de personas adultas que rehacen sus vidas. Por lo visto, de cara a la galería, papá y ella habían decidido mantener una relación amistosa.

¿Amistosa? ¿En serio? Su relación era de todo menos amistosa, y además desde hacía tiempo.

–Ahorrémonos los detalles si alguien nos pregunta –me indicó.

«No tiene sentido aferrarse al pasado» y «Somos lo que somos» se convirtieron en sus mantras de la temporada.

No se daba cuenta de la pinta de loca que tenía con su entusiasmo fingido, actuando como si todo fuera sobre ruedas y como si tuviera una actitud nueva y maravillosa ante todo. Ese comportamiento la hacía hablar de manera distinta y poner aquella sonrisa enorme y ridícula que estaba empezando a sacarme de quicio.

–Voy a asegurarme de que este sea el mejor año de nuestras vidas –afirmó, como si yo fuera una niña pequeña, y como si no supiera lo recelosa y tensa que estaba.

Fue entonces cuando mamá pareció estar poseída por una nueva y extraordinaria energía. En un solo día, vació los armarios de la despensa para limpiarlos bien, restregó el suelo de la cocina, sacó brillo al baño, pintó la puerta de la calle y se subió a una escalera para descolgar las cortinas del salón, porque le parecía que estaban muy sucias. Después de lavarlas y secarlas, las planchó y las volvió a colgar.

–Mamá, en serio, esto no puede seguir así –protesté.

–¿Qué? –me preguntó desconcertada.

–Este afán enloquecido por la limpieza –respondí–. Esa felicidad fingida.

–No seas tonta. Lo que es, es una actitud positiva, que, por cierto, cariño, es lo que las dos necesitamos. Una limpieza a fondo. Empezar de cero. Justo lo que nos hace falta para despejar la mente y allanar el terreno para escribir un capítulo nuevo en nuestras vidas.

–Es que yo no quiero un capítulo nuevo. Quiero el antiguo. En el que los tres estábamos juntos. En el que papá aún no recibía llamadas de una mujer llamada Lindy.

–¿Lindy? –preguntó mi madre mientras dejaba la plancha a cámara lenta para sentarse muy despacio en el sillón–. ¿Sabes lo de Lindy?

–Sí, claro que sí. Se presentó en casa. Tuvimos una conversación.

–¿Que vino aquí? ¿Vino a casa?

–Sí.

–¿Cuándo?

–Hace un mes, más o menos.

–¿Hace un mes? ¿Y por qué no me lo dijiste?

–Te lo estoy diciendo ahora.

–¿Cómo es?

–Es joven.

En cuanto lo dije, me di cuenta de que era lo peor que le podía haber dicho.

Después, apareció delante de casa un gran contenedor verde con unas ciento cincuenta cosas de mi padre en su interior. Desde mi ventana podía ver los bordes de acero de su batería brillando al sol junto a un rastrillo roto. Había un cartel, en el que aparecían él y los componentes de su banda, encajado entre un montón de camisas, junto a una maraña de corbatas multicolores.

Papá llamó para decir que iba a pasar por casa para recoger más cosas.

–Tengo que advertirte, papá, de que mamá está haciendo limpieza general. Hay un contenedor.

Cuando llegó, se puso a aporrear la puerta y a gritar a mamá, y mamá dijo ni te atrevas a poner un pie en esta casa, o te juro... Papá dijo ¿qué?, ¿qué vas a hacer? Y mamá dijo,

¿me estás amenazando? Y papá dijo que era ella quien lo estaba amenazando a él.

Supongo que los gritos se prolongaron durante un buen rato, pero fue más o menos en aquel momento cuando decidí salir y poner rumbo hacia el túnel de árboles que conducía a Nettlebog. Corrí durante todo el camino hasta que me sentí lo suficientemente lejos, hasta que llegué casi al borde del agua, hasta que me empapé del olor de Nettlebog y noté la sensación que me transmite.

Me senté tan cerca del agua que me mojé los pies. Apoyé la cabeza en las rodillas y me desahogué con sollozos desgarrados e incontenibles. Fue horrible, pero, desde luego, mucho mejor que el llanto sofocado detrás de la puerta de mi cuarto.

Solo cuando oí un crujido me di cuenta de que no estaba sola.

–Hola, preciosa. Hola. Espero que no te parezca mal que te lo pregunte, pero ¿qué te pasa?

Supongo que me limpié la cara y me disculpé. Pero hacía mucho tiempo que nadie me preguntaba qué me pasaba, que nadie parecía advertir que me pasara nada.

Su rostro era sereno y amable. Llevaba una falda hasta los pies de terciopelo morado que parecía una cortina y un delantal verde claro; tenía el pelo blanco como la nieve. No tenía por qué haberme preguntado qué me pasaba, pero lo había hecho, y su preocupación parecía tan sincera y solícita que no pude contenerme.

–Todo es una gran mentira –respondí.

–¿En serio? –preguntó ella–. ¿Y qué te hace pensar eso?

–Hay un contenedor delante de casa, y hubo un tiempo en el que pensé que cada una de las cosas que hay en su interior significaba algo importante para mis padres, pero están discutiendo a gritos en la puerta de entrada, en plena calle. La batería de mi padre, y sus corbatas, y las fotos de la boda y los libros que se regalaron. Ahora todas esas cosas cuentan una historia, una de las tristes. La historia de una mentira. Un contenedor lleno de mentiras.

»Y mi madre intenta comportarse como si no pasara nada y fuéramos completamente felices y no hubiera nada por lo que sentirnos tristes. Y estoy empezando a darme cuenta de que la raza humana no es más que millones de mentiras; no hacen nada más que mentirse unos a otros y a sí mismos, y me asquea y me pone furiosa. Pero no puedo hacer nada, porque estoy atrapada. Atrapada en un mundo de mentiras.

No tuvo una reacción exagerada como la habría tenido mucha gente al ver a otra persona llorando y despotricando. Y en el centro de su rostro de anciana, sus ojos brillaron; parecían jóvenes. Yo seguí llorando y ella siguió en calma.

–Vaya por Dios –murmuró–. Pobrecita.

–Perdón –dije, y me sorbí los mocos.

–¿Qué es lo que tengo que perdonarte? ¿O acaso no es precisamente esto lo que necesitas, no es este el lugar indicado para hacerlo, lejos de todo el jaleo y los problemas de los que has huido? ¿Y acaso no has obrado con sensatez al procurar alejarte durante un rato?

No es normal contar tantas cosas a alguien que acabas de conocer. Cuando me serené, me dijo que le encantaría invitarme a su caravana, y fue entonces cuando empecé a pensar que seguramente sería familia de Ned, pero no me atreví a preguntárselo, así que le dije que no, que ya le había dado bastante la lata, y ella negó con la cabeza y sonrió y dijo que no le había dado ninguna lata. Dijo que seguramente ni siquiera sabía qué significaba eso de dar la lata.

Hablamos un ratito más. La mujer no estaba segura de si me serviría de algo, pero me dio un consejo.

–Existe la teoría generalizada de que las mentiras son malas, pero no todas lo son. A veces son necesarias.

Le dije que no entendía qué quería decir con eso, y añadió:

–Ya, bueno; verás, eso es lo extraordinario de la vida, no tienes por qué entenderlo todo de una vez. Lo entenderás cuando llegue el momento. Cuando estés preparada. La vida es larga. No hay que tener demasiada prisa por abarcarlo todo al mismo tiempo.

Dijo que quizá conociera a su nieto, Ned Buckley.

Debería haberlo sabido, supongo; o sea, parte de mí ya lo había sospechado, así que no me sorprendió, pero aun así me parecían unas novedades increíbles: aquella mujer que me había encontrado allí y de quién era familia.

–¿Es usted la abuela de Ned?

–Desde luego, preciosa.

–Caray. O sea, vaya. O sea, guay.

Luego, por alguna extraña razón que no alcancé a comprender, noté que me sonrojaba y deseé que la mujer no se diera cuenta.

–Estamos en la misma clase –añadí.

–¡Caramba, qué pequeño es el mundo! –exclamó con una risita.

Le pedí que no le comentara a Ned que me había visto allí, y que no le contara lo desastre que era. Me contestó que ni se le pasaba por la cabeza decirle semejante cosa.

–Me imagino que en el instituto no hablará mucho.

Le dije que no, no mucho. Le expliqué que me parecía que se habría adaptado un poco mejor si su amigo Martin Cassidy no se hubiera ido.

–¿Martin Cassidy? –se extrañó–. ¿Su amigo?

Se echó a reír y le pregunté qué le hacía tanta gracia, y respondió que se podía decir cualquier cosa sobre ellos, pero no precisamente que fueran amigos.

Yo dije algo así como «Vaya, pues nunca lo habría pensado», y ella sugirió que la razón podía ser que no me hubiera fijado lo suficiente. Que no le extrañaba que Martin se hubiera ido, y le pregunté por qué. Me contestó que en la vida había situaciones muy complicadas, y que una de las más difíciles que había en el mundo era pretender conseguir que chicos como Martin y Ned siguieran asistiendo a clase.

–Me imagino que no verás a Ned todos los días. Supongo que se esforzará algo por no quedarse rezagado.

Le brillaron los ojos y no supe qué decir, así que no dije nada. Pensé que quizá podía meter a Ned en un lío. Pero ella me dijo que no me preocupara, que lo conocía como la palma de su mano y no le parecían mal las cosas que hacía ni los sitios adonde iba. Le estaban pasando muchas cosas.

–Mi querido Ned aún tiene muchos ríos que cruzar –fue su manera de expresarlo, y me encantó que alguien llamase a Ned «querido» y que quien lo quisiera fuese una mujer que parecía tan llena de sabiduría.

–No lo obligo a ir –continuó–, pero creo que a la larga le hará bien. Yo nunca fui a la escuela y, con todo lo vieja que soy, sigo lamentándolo. Pero debe ser él quien lo decida. Obligar a alguien a ir a clase es contraproducente. Y, además, estos días está muy liado con los entrenamientos.

–¿Entrenamientos? ¿Para qué?

–Para la carrera de Ballyross.

La mujer pareció sorprenderse de que yo nunca hubiera oído hablar de ella. Dijo que era muy famosa. Que era uno de los motivos por el que Ned y ella habían vuelto. Allí se había criado su hijo, y años atrás también había participado en la carrera. Ahora le tocaba a Ned.

La carrera de Ballyross se celebra todos los años en una gran pradera que hay junto a la antigua fábrica, al otro lado del río. Los jinetes montan a pelo. Hace falta mucha práctica. Esa era la razón principal por la cual Martin y Ned no eran amigos, sino rivales. Ambos se estaban preparando para la carrera de este año. Ned nunca había derrotado a Martin.

–Lo está volviendo loco –aseguró.

Pensé en Ned saltando, girando y galopando. Ninguna de las maravillas que su abuela me contaba sobre él me sorprendía.

–Entre nosotras –confesó la mujer–, Ned se ha entrenado mucho. Este año tiene una oportunidad de oro. Pero no se lo digas a nadie. Va a ser el caballo oscuro.

–¿Qué es un caballo oscuro?

–Una persona que no habla de sí misma, pero que se prepara poco a poco para dar la campanada.

–Ah, entiendo –dije.

Nos quedamos charlando un buen rato. Le pregunté si solo vivían ella y Ned en Nettlebog y me dijo que sí. En otro tiempo habían pertenecido a una familia numerosa, pero la mayor parte de sus miembros habían muerto o se habían marchado. Su hermana, la tía abuela de Ned, aún vivía en Kerry. La visitaban a menudo, pero esa temporada le costaba trabajo convencer a Ned, porque no quería dejar a los caballos solos.

Le expliqué lo mucho que me gustaban los caballos y lo molesta que estaba con mi madre porque les tenía alergia. La mujer aseguró que, técnicamente, las alergias no son culpa de quien las padece, y le dije que vale, que probablemente tenía razón. Le dije que para mí supondría una buena oportunidad para estar con los caballos, que me encantaría atenderlos o echarle una mano si le hacía falta, y ella me dijo que era muy amable por ofrecerme y que lo tendría en cuenta. Añadió que estaría aún más satisfecha si además me ofreciera a ocuparme un poco de Ned, porque era él quien necesitaba más atención. Aquella ocurrencia nos hizo reír a las dos.

Le pregunté dónde estaba Ned y me contestó que había ido a perfeccionar sus giros para la carrera de Ballyross, pero que la yegua estaba en el cobertizo, por si quería acercarme a verla. Le dije que me encantaría y me dio un bastón, que resultó muy útil para recorrer aquel terreno tan accidentado. La yegua se llamaba *Phoebe* y era de un solo color, un precioso gris pálido, con los ojos negros. Era tan hermosa que ni siquiera fui capaz de acariciarle la cabeza. Casi ni me atreví a mirarla. No sabía por qué, pero al contemplarla tan de cerca me entraron ganas de llorar.

Cuando por fin me despedí de la abuela de Ned y emprendí el camino de regreso por el sendero pedregoso de Nettlebog Lane, casi había logrado olvidarme de mamá, de papá, de Lindy, del contenedor y de la discusión, pero sabía que todo seguiría en el mismo sitio, esperando mi vuelta.

Mi madre estaba cada vez peor. Se notaba porque no hacía más que empezar cosas nuevas y su comportamiento se convirtió en aleatorio e impredecible. Cuando llegaba a casa después de clase nunca sabía en qué andaría enfrascada. A veces la encontraba escribiendo como loca en un cuaderno de tapas doradas, o plantando ajos en el jardín o haciendo punto. Se había suscrito a tres revistas diferentes: *¡Puedes rehacer tu vida!*, *Empezar de nuevo* y *Seguir*

adelante: orientación para mujeres. Estaba irreconocible. Y lo peor de todo: quería ser vegana. Lo único que había en nuestras alacenas eran latas de leche de coco, y lo único que había en nuestra nevera eran bloques de tofu blanduchos.

—¡Una transformación total de mi estilo de vida! —exclamaba con una sonrisa mientras colocaba con entusiasmo ante mí un plato de arroz integral y alubias rojas.

Le dije que no tenía ningún interés en hacerme vegana y que en lo sucesivo me ocuparía yo misma de mi cena.

8

Si alguna vez cediera a la improbable tentación de faltar a clase, aunque solo fueran cinco minutos, sé perfectamente qué ocurriría: habría un montón de reuniones e infartos y conversaciones con caras serias, y mis padres probablemente aparcarían sus diferencias para poder ir juntos al instituto. Allí mantendrían una serie de entrevistas con mis profesores, y mis padres se pondrían inmediatamente de su parte, sin tener en cuenta si existía o no un buen motivo para hacerlo.

Pensándolo bien, era injusto que Ned, por otra parte, pudiera desaparecer sin dejar rastro durante varios días seguidos y que ninguno de nuestros profesores hiciera nada más que anotar unas cuantas faltas, suspirar y poner un gesto de resignación.

Mamá decía que el absentismo de Ned era indicativo de un montón de cosas tristes que probablemente tenían su origen en una vida desordenada. Pero yo sabía el motivo. Estaba entrenando para alcanzar algo más grande y trascendental en su vida que cualquier cosa que le exigieran en el instituto.

Quizá fuese por todo lo que su abuela me contó sobre él, pero, por la razón que fuera, Ned empezó a rondarme cada vez más en la cabeza, y parecía que no había nada que yo pudiera hacer para evitarlo. Había cosas que echaba de menos cuando él faltaba. Echaba de menos su aire arrogante al entrar en el aula. Echaba de menos sus miradas inexpresivas. Echaba de menos lo que habían asegurado Dougie y Laura, que quizá cuando yo no lo estaba mirando, él sí me miraba a mí.

–¿Habrá alguien más que se pare a pensar por dónde andará? –pregunté, y Dougie dijo que, para ser sincero, ni se había dado cuenta de que Ned había faltado ese día.

–¿Hola? Tenemos mucho trabajo. Serena nos va a poner uno de sus exámenes relámpago. Tenemos que estar preparados –advirtió Dougie –. No nos sobra el tiempo para preocuparnos por si determinadas personas han venido a clase o no.

Pensé en algunas de las cosas que Ned debía de estar haciendo mientras los demás estábamos encerrados en clase. En mi imaginación, vi a su gran caballo castaño con calcetines blancos y también a *Phoebe,* la yegua más pequeña, con su precioso color gris, sus ojos negros y sus pestañas, tan hermosa que ni siquiera me había atrevido a tocarla. Vi a Ned entrenándose para la carrera, o cuidando a sus preciosos caballos o recorriendo el terreno al galope sin motivo aparente, solo porque podía hacerlo. Y empecé a comprender cosas que nadie más parecía haber advertido. Cosas ocultas. Cosas secretas. Cosas valiosas, en cierto modo.

Justo cuando todos pensaban que Ned no iba a volver, un día entró en clase con toda naturalidad, sin una palabra de disculpa y, desde luego, sin dar explicaciones, como si no hubiera faltado nunca. Llevaba una cazadora de cuero nueva y unos zapatos que nunca le había visto.

He aprendido que cuando alguien falta a clase largos períodos de tiempo, y cuando alguien se muestra tan diferente y distante como Ned en aquellos días, también ocurre otra cosa. Todo el mundo empieza a comportarse de manera extraña a su alrededor, y eso es lo que empezó a pasar cuando Ned volvió.

Cada vez que entraba en clase, Brendan fingía un ataque de tos y varios compañeros, entre ellos Dougie, Laura y yo, nos reíamos.

Sabíamos que a Ned no le importaba lo más mínimo lo que hicieran o dijeran los demás, ni los ruidos que hacían, ni si se reían ni de quién. A él, ese tipo de comportamiento le resultaba indiferente.

Lo observé cuando se sentó, metiendo las piernas bajo el pupitre con dificultad. Se puso a mirar por la ventana, como siempre, canturreando distraído en voz baja como si ni siquiera estuviera en clase.

Se quitó la cazadora, que cayó al suelo formando un suave montículo de cuero detrás de la silla. Cerró los ojos un instante.

Y nos lo quedamos mirando. Algunos lo fulminaron con la mirada, y Brendan hizo un ruido parecido a un relincho intermitente, como si estuviera imitando a un caballo, pero Ned no se molestó en mirarlo, y ni siquiera se rio ni frunció el ceño. No mostró ninguna reacción.

Poco después de que empezara todo aquello, Serena vino a la zona de las taquillas y nos indicó a Dougie, a Laura y a mí que la siguiéramos. Así que los tres nos dirigimos a la sala de profesores tras ella, mientras nos mirábamos con ojos como platos y nos preguntábamos si alguien tenía alguna idea de qué podíamos haber hecho mal.

–El señor Carmody me ha dicho que últimamente nota un ambiente raro en vuestra clase. Un ambiente de desprecio. Un ambiente de burla.

Los tres permanecimos de pie sin hablar, con una ligera sospecha de a qué se refería.

–Ahora que estamos entre estas cuatro paredes, y normalmente no hablo de otros alumnos en estas circunstancias, quiero que seáis conscientes de que ha costado mucho trabajo conseguir que Ned Buckley siga asistiendo al instituto. Necesito que sepáis lo importante que es para él estar aquí, y lo esencial que es que nadie lo desanime, sea accidentalmente o a propósito. Os considero buenos estudiantes y tampoco veo malicia en vuestros corazones, pero me gustaría recalcar especialmente algo de lo que debéis ser conscientes y que os voy a decir a continuación: tenéis que hacer todo lo posible por mostraros *simpatici* con Ned Buckley.

–¿*Simpatici*? –articuló Dougie, mirándome; yo me encogí de hombros.

–Su vida no es tan fácil como las vuestras –dijo Serena–, y debéis tenerlo siempre en cuenta.

–¿No es tan fácil como las nuestras? –comentó Dougie escandalizado, después de que Serena nos dejara salir–. Casi nunca viene a clase. Básicamente, no ha malgastado su vida en una educación sistematizada. Puede ir y venir cuando le dé la gana. Va por ahí a caballo, a toda velocidad. Un caballo de su propiedad.

Pensé en Nettlebog Lane y en el túnel que formaban sus árboles. Y pensé de nuevo en que Ned llevaba consigo la esencia de aquel lugar adondequiera que fuese, y pensé en lo extraño que resultaba a veces tener un lugar como aquel tan próximo a los escenarios habituales en los que se desarrollaba mi vida, y una persona como Ned viviendo tan cerca de mí. Pero, teniendo en cuenta lo lejano que lo sentía siempre, bien podía estar viviendo en otro planeta.

Después de aquella charla con Serena, intentamos hablar con Ned en varias ocasiones, pero, de alguna manera, durante aquellas semanas se había aislado aún más. Se sentaba en el mismo rincón cerca de la ventana, recostado hacia atrás y con la vista perdida en el horizonte, pensando en algún plan interesante en el cual nosotros no estábamos incluidos. Y me imaginé que parte de ese plan tendría que ver con derrotar a Martin Cassidy en la carrera.

Y siguió sin mirarnos y sin hablar con nadie. Al final de cada día, siempre hacía lo que tenía por costumbre: empujaba la silla con las piernas, que se arrastraba con estrépito sobre el suelo de madera, y salía del aula.

–Se ha metido en un lío con el ayuntamiento por montar por ahí como un loco –explicó Brendan.

–No tiene permiso –añadió Laura.

–¿Quién? –pregunté–. ¿De quién habláis?

–¿A ti qué te parece? De Ned Buckley.

–¿Y quién anda diciendo esas cosas? ¿Quién os contó esas historias?

–Mucha gente –dijo Brendan.

–Tienes que reconocer que no es normal –añadió Laura–. Supongo que te haces una idea de lo rarito que es.

—Su abuela es una vieja sin dientes y tiene el pelo blanco y de punta, como una bruja, y un bastón lleno de nudos.

—Ah, ¿sí? ¿En serio? —dije, mientras algo en mi interior se tensaba como una cuerda.

—Sí, y lo agita en el aire cuando algún desconocido se acerca demasiado. Y teníais que ver lo abollado que está el cacharro viejo y oxidado que va conduciendo por ahí.

—La conozco —les dije—. Tiene un montón de dientes y su pelo no se parece en nada al de una bruja. Y no la he visto nunca agitar bastones en el aire. Los usa para caminar. Nettlebog está lleno de piedras en la orilla, y es una señora mayor. Tiene que tener cuidado de por dónde pisa. ¿Y qué si su coche está un poco abollado y maltrecho? Eso no es motivo para ser ruin. Tiene una voz muy dulce, una sonrisa agradable y una mirada muy juvenil. Es amable. Es inteligente. Y es una buena persona.

—Vale, puede que sí, pero de todos modos sé de buena tinta —aseguró Brendan alzando la voz como para dejar claro lo mucho que sabía del asunto— que el único motivo por el cual Ned viene a clase es porque ha llegado a un acuerdo con un juez en un tribunal de justicia.

Si alguna vez Ned había tenido oportunidad de hacerse amigo de alguien, parecía que se estaba desvaneciendo igual que un pájaro echa a volar y desaparece detrás de una montaña.

Por supuesto, como de costumbre, no dio importancia a nada de lo que se decía.

Los rumores solo son palabras. Vuelan en el aire de boca en boca y son invisibles. Aun así, es curioso pensar cuán poderosas llegan a ser; cómo algunas pueden ser como cuchillos de hojas afiladas que pueden cortar, y otras como martillos implacables; cómo pueden causar tanto daño, como si fueran objetos tangibles y sólidos que revolotean por ahí y te golpean en la cara cuando menos te lo esperas.

9

Encontré los papeles del divorcio en el estudio. No sé por qué tuvo que afectarme tanto encontrarlos. O sea, ya sabía lo que había ocurrido entre mis padres, pero de alguna manera, al leer aquellas palabras oficiales, aquellas fechas impresas en negro que marcaban el final oficial de su vida en común... Contemplar la verdad, descrita con expresiones grandilocuentes y unas líneas al final donde papá y mamá habían estampado sus firmas, fue un momento duro y triste. De todos modos, el caso es que habría agradecido que alguien me hubiera informado de algo. Habría agradecido no haberme topado con esos papeles por casualidad.

Al poco tiempo, papá me llamó fingiendo interés en saber cómo nos iba a mamá y a mí, cuando en realidad lo que quería era contarme que se iba a casar con Lindy y que quería que me implicara al cien por cien en la boda. Me preguntó si quería llevar la cesta con los pétalos de rosa. Le dije que sí, aunque las encargadas de llevar los pétalos son normalmente niñas pequeñas. Parece que nadie se ha dado cuenta de que ya no soy una niña pequeña.

Quise hacérselo ver, pero para entonces yo ya había aprendido a calcular la duración ideal de mis conversaciones con papá. Sesenta segundos. Máximo. En cuanto nos excedíamos, él siempre decía que tenía que colgar. Quería ser yo la que colgara primero.

Mamá dijo que teníamos que alegrarnos por él y hasta sonrió.

–Mamá, por favor, no hagas eso. Por favor, deja de fingir que estás bien cuando no lo estás y no parece posible que puedas estarlo. Recuerda que os he visto discutir a gritos. He oído las cosas que os habéis dicho.

–Ah, vamos, Minty, era para liberar estrés, para soltar lo que llevábamos dentro. Todo eso ya quedó atrás.

–Mamá, por favor, ¿quieres no hablarme así? Di algo sobre el asunto.

–¿Sobre qué asunto?

Me dieron ganas de gritarle. Me dieron ganas de levantarme y ponerme a saltar y gritar: «¡Sobre todos los asuntos! ¡Sobre cómo nos decepcionó y nos abandonó y lo bien que le va en su nueva vida mientras nosotras nos hemos quedado aquí con los desechos de la anterior!».

Pero no fui capaz. Mi madre conseguía que yo no dijera ese tipo de cosas, incluso antes de que abriera la boca.

Papá siguió llamándome y soltándome sus peroratas, la mayoría de las cuales tenían que ver con «desempeñar papeles primordiales»: la ilusión que le hacía que yo desempeñara un papel primordial en su boda; que no tenía intención de no desempeñar un papel primordial como padre solo porque ya no viviera con nosotras; y lo absolutamente fundamental que era que conociera bien a Lindy, pues ella iba a desempeñar un papel primordial en mi vida a partir de ahora.

Y a continuación se contradijo, como solía hacer últimamente: me dijo que Lindy no quería que en su boda hubiera niños después de las once de la noche, y por lo visto ello me incluía a mí también. Me eché a reír, aunque papá no pareció darse cuenta de la ironía.

–Un papel absolutamente primordial, pero solo hasta las once, ¿no, papá? –le dije claramente, y el dijo que sí, exactamente eso.

Luego me llevarían a casa los abuelos de Lindy, que eran tan viejos que me extrañó que aún disfrutaran de permiso de conducir.

No me sorprendió demasiado oír a mamá decir que no entendía por qué estaba tan ofendida. Las once era una hora perfecta para irse de una boda. Lo más divertido ya ha pasado. A partir de esa hora empezaba la cuesta abajo.

Me ponía mala la forma de mentirme que tenía mi madre. Por decirme que era feliz. Por decirme que la boda le parecía una idea estupenda. Por fingir que solo veía cosas buenas en el mundo, en los demás y en mí.

Como siempre, me dieron ganas de decirle: «Mamá, quítate esa máscara ridícula de felicidad». Me dieron ganas de suplicarle: «¡Deja ya esta actitud tan ridícula!». Me dieron ganas de preguntarle: «¿Cómo eres capaz de seguir haciendo creer a todo el mundo que todo es perfecto?».

Pero, como de costumbre, no dije nada; me guardé la rabia en mi interior y me noté acalorada, enfadada y algo enloquecida. Nadie lo habría notado. Desde fuera, habría sido fácil dar por sentado que era una persona como cualquier otra, tranquila y normal. Lo que demuestra que nunca se debe dar nada por sentado.

10

Durante una temporada, pensé que cuanto más se acercara la fecha de la boda de papá y Lindy, más probable sería que mamá por fin se derrumbara, y que, si así ocurría, por fin podría mantener con ella una conversación como era debido sobre todo lo que me preocupaba.

Probé varias tácticas para hacerla hablar, como por ejemplo:

–Mamá, ya sabes que puedes contarme cómo te sientes.

Pero yo no era rival para mi madre, que se había convertido en una experta consumada en sortear ese tipo de temas.

–¿Sobre qué? –preguntó.

–Sobre que tu marido se vaya a casar con una mujer que no eres tú. Sobre que yo vaya a llevar la cesta con los pétalos de rosa. Sobre la nueva vida que papá está a punto de empezar. Sobre que no te inviten a la boda. Sobre que los pilares de tu vida se estén desmoronando.

–Anda, anda...

Apretó los labios y se concentró con más atención en la bufanda aparentemente interminable que me estaba tejiendo. Esperaba que no creyese que me la iba a poner, pero no me imaginaba para qué otra persona podía estar haciéndola.

–Cariño –continuó–, mi vida va de maravilla; de hecho, va tan bien que tengo una noticia que darte. No iba a decírtela hasta después de la boda de papá y Lindy, pero quizá sea precisamente lo que necesitas para tranquilizarte..., para demostrarte que estoy perfectamente y que me las estoy arreglando bien sin tu padre.

Mamá había conseguido un trabajo en la biblioteca. Tenía que ir los miércoles, viernes y sábados. Tenía su propio despacho, o, al menos, habían arreglado una salita preciosa en la parte de atrás, con vistas al puente de Ballyross, para que pudiera utilizarla.

–¿En qué consiste tu trabajo? –le pregunté.

–Refuerzo de lectura y expresión escrita para la comunidad. Voy a ayudar a niños que tienen problemas para leer y escribir. Me van a dejar diseñar mi propio cartel. Ah, y adivina qué va a poner, Minty –dijo, como si estuviera a punto de contarme un secreto maravilloso e importantísimo.

–¿Qué?

–¡«La Montaña del Saber»!

Ahora sonreía algo nerviosa mientras escrutaba mi expresión y esperaba que captara el significado de la frase.

Lo entendí a la perfección, casi al instante. Una vez, cuando tenía más o menos cuatro años, según mis padres, había dicho «montaña del saber», y por lo visto esa expresión no existe y les había parecido muy graciosa y entrañable.

–¿A que es una idea genial? La bibliotecaria dice que tenemos que poner nombre a esta iniciativa y la otra noche lo estuve pensando, antes de dormirme, y de repente se me ocurrió. Ya hay unos cuantos niños apuntados.

–¿«La Montaña del Saber»? –repetí.

–Sí. Verás, Minty, me pareció que contar la anécdota del error infantil de mi propia hija sería el punto de partida perfecto para esos niños que se sienten inseguros. Y ahora se está corriendo la voz. «Juntos podemos escalar la Montaña del Saber: un lugar seguro para todos los que tengan algún problema para leer o escribir» –explicó mi madre con una voz como si estuviera haciendo una presentación formal o leyendo un guión–. Voy a ayudar a aprender a otras personas. ¿Y sabes una cosa, Minty? Noto que eso refuerza mi confianza en mí misma; salir, utilizar mis aptitudes fuera de casa. No te puedo explicar toda la satisfacción y coraje que me está aportando el hecho de convertirme en un instrumento para el bien de la comunidad. Creo que es el principio de algo muy especial para mí.

Sé que me debería haber alegrado por ella, pero no fui capaz. Estaba molesta, y de pronto algo en mi interior pareció a punto de estallar.

–¿«La Montaña del Saber»? ¿Por qué tienes que contar cosas de mí a gente que no conoces de nada, mamá?

La sonrisa de mi madre se mantuvo imperturbable durante unos instantes y luego desapareció. Dejó de mirarme y fijó la vista en sus zapatos mientras decía con voz profunda y solemne:

—Es cautivadora, Arminta. Es una historia preciosa. Me recuerda tiempos felices, cuando decías cosas así.

—No es adorable, es ridícula. Y, por cierto, para tu información te diré que ya nadie me llama Arminta.

—¿Por qué te pones así?

—A mí no me recuerda nada más que a las tonterías que dicen los niños pequeños, y el hecho de que lo hagan no es motivo para crear un recordatorio público y permanente.

—Oh, Minty, ¿por qué te pones tan desagradable y tan hiriente? No es propio de ti, y además no te pega nada. Creí que te alegrarías por mí.

—Bueno, pues no me alegro. Nunca me cuentas nada hasta que es demasiado tarde. ¿Un nuevo trabajo? ¿Cómo? Es un compromiso muy serio. Y podía haberse quedado en una más de ese montón de cosas que quizá habías pensando en comentarme si te importaran remotamente mi opinión o mis sentimientos. Lo que quiero decir, mamá, es que este es un giro radical en las circunstancias de nuestras vidas. ¿No te parece que ya ha habido suficientes cambios que asimilar? Ya tenemos suficientes cosas a las que acostumbrarnos, gracias.

—Entiendo —murmuró, y su rostro adoptó de nuevo la expresión irritantemente tranquila que se le daba tan bien, esa expresión que me sacaba de quicio—. No es por el cartel ni por la anécdota, ¿verdad? Es por otras cosas. Tengo que intentar comprender por qué te pones así. Tú no eres así, Minty. Nunca has sido egoísta. Y casi nunca te enfadas.

Pero estaba siendo egoísta y estaba enfadada. Y estaba molesta y furiosa con ella y con papá y con todo el mundo. Al final me pidió disculpas, me dijo que por supuesto tenía que habérmelo dicho antes, pero que se merecía la oportunidad de poner en práctica sus propias ideas y que no pensaba sentirse culpable por tomar decisiones proactivas sobre su propio futuro.

–Muy bien, pues entonces prométeme que vas a quitar el cartel, mamá.

Y me lo prometió... Lo cual habría estado bien si no fuera porque más tarde descubrí que no había cumplido su promesa, así que bien podía haberse ahorrado la molestia de decir nada.

Aquella quizá podía haber sido la oportunidad de mantener una conversación seria, o al menos de dejar de discutir y sincerarnos la una con la otra.

Pero en mi familia casi nunca hacemos lo que conviene en cada ocasión.

De hecho, a partir de aquel momento dejamos de hablarnos.

11

Después de dos días de silencio, mamá rompió el hielo. Me preparó un chocolate caliente y me dijo:

–Vamos, Minty, no soporto que estemos sin hablarnos. No hay nada que me moleste más. Volvamos a ser amigas.

Y yo le dije que de acuerdo, aunque, a mi modo de ver, en realidad una no puede ser amiga de su madre, sobre todo cuando esta se pasa la vida mintiéndose a sí misma y a todo el mundo.

Cuando por fin llegó el día de la boda de papá y Lindy, mi madre me alisó el pelo, tal como le había pedido, y después me colocó unas horquillas de flores y me hizo una lazada en la banda que llevaba a la cintura. Apenas me reconocía.

–Espero que sepas que es de muy mala educación estar más guapa que la novia –bromeó.

Me dijo que no me olvidara de sacar un montón de fotos.

–Me gustaría mucho que fuesen felices –añadió, mirando por la ventana.

Y luego, cuando me despedía, insistió:

–Me pregunto cómo se sentirá ella hoy. Me pregunto si sabe lo que está haciendo.

Supuse que hablaba de Lindy, pero no hice preguntas, porque no quería empezar una conversación sobre lo que Lindy sabía, lo que pensaba o cómo se sentía. Yo querría una conversación sobre cómo nos sentíamos ella y yo, pero por lo visto estaba prohibido. Y además los padres de Lindy estaban a punto de venir a recogerme y no quería estar hablando de nada parecido a aquello cuando llegaran.

Lindy apareció con un vestido blanco deslumbrante con el corpiño bordado. Llevaba un tocado de perlas y flores frescas. La seguían tres glamurosas damas de honor a las que no conocía. Lucían unos vestidos de seda de un tono rosa tan pálido que casi parecía blanco, y Jez –que tocaba la guitarra en la banda de papá y era el padrino– llevaba violetas azules en la solapa. Mi vestido estaba totalmente fuera de lugar. No iba bien con nada.

En la iglesia, los amigos de papá no hacían más que revolverse en sus bancos y aflojarse los nudos de las corbatas, y daba la impresión de que la camisa de Jez le quedaba un poco floja. Nunca había visto a los compañeros de mi padre con traje; parecía que los habían pedido prestados, porque a algunos les quedaban demasiado grandes. En el caso concreto de Phil, las perneras de los pantalones le bailaban por encima de los tobillos y todo el mundo podía ver que llevaba unos calcetines viejos.

Al otro lado de la iglesia estaban los amigos y familiares de Lindy, que parecían estrellas de cine con sus gafas oscuras, su maquillaje perfecto y sus sombreros espectaculares.

Ser la portadora de los pétalos de rosa implicaba además un montón de funciones con las que no contaba. Una de ellas era llevar aquel vestido fuera de lugar de tela morada brillante con una banda de raso negro, otra acompañar a los invitados a sus asientos y, la más importante, comportarme como si estuviera viviendo el momento más exultante de mi vida.

Todo el mundo me dijo que estaba guapísima, aunque ni por un instante creí que me estuvieran diciendo la verdad.

Jez aseguró que le había costado trabajo reconocerme y repitió mil veces lo orgulloso que debía de estar mi padre. Phil, otro amigo de papá, me preguntó por mamá y le contesté:

–Está bien, divinamente, ¿cómo no iba a estarlo?

Y él dijo:

–Bien, eso está muy bien, genial, no esperaba otra cosa.

Le hice una foto a Lindy, que tiene unos dientes blanquísimos, pero acto seguido la borré, porque aunque mamá me hubiera insistido en que sacara muchas fotos, Lindy estaba aún más joven, más feliz y más deslumbrante que de costumbre, y decidí que no me apetecía que mi madre viera tanta belleza.

Resulta imposible sacar una foto en la que Lindy salga mal. Y no es que no lo intentara, por el bien de mamá. Hasta en la pista de baile, donde todo el mundo estaba sudando y fuera de sí, ella siempre brillaba por encima del resto.

Mirándolo por el lado bueno, no iba a ser joven toda su vida –como me había dicho mamá antes de que me fuera–, sobre todo teniendo en cuenta que se casaba con mi padre.

Él también parecía joven y feliz.

Saqué fotos de la comida.

–Deja de enredar con el teléfono y ven a bailar conmigo –me pidió papá con expresión de absoluta felicidad, lo cual me hizo sentir bien y mal al mismo tiempo.

Y Lindy, papá y yo bailamos en círculo y todos aplaudieron como si fuese lo correcto y lo que se esperaba de nosotros, pero, para ser sincera, me sentí como una idiota. Además, la banda de mi vestido estaba empezando a apretarme, y tenía ganas de cambiarme de ropa porque me sentía muy rara.

Sonaba ese tipo de música que hace que a todo el mundo le entren ganas de cantar. Gerry, Phil y Jez tocaron con energía y entusiasmo y quise sacarles una foto con mi padre. Pero, en el último momento, Lindy se coló por sorpresa, saltó para colocarse delante, acercó la cara y abrió los brazos. Supongo que intentaba ser simpática y divertida, pero echó a perder la instantánea.

La verdad es que no se le puede decir a la novia que no puede salir en fotos en su propia boda. Habría parecido un disparate y una auténtica grosería.

Me enviaron de vuelta a casa a las once en punto con los abuelos de Lindy, tal como habían decidido, y a diferencia de lo que mi madre había pronosticado, la verdad es que daba toda la impresión de que estaba empezando lo mejor de la noche.

Llevaba la llave de casa sujeta en una cadena colgada al cuello y la saqué cuando los abuelos de Lindy me dejaron a la puerta. Esperaron hasta que entré en casa sana y salva.

Levantaron sus cuatro ancianos pulgares y sonrieron con gesto de triunfo y satisfacción –aparentemente encantados de que hubiera sido capaz de abrir la puerta de mi casa sin ayuda– antes de arrancar y perderse de vista.

Mi madre se había quedado dormida en el sofá bajo la luz azulada del televisor, que estaba a todo volumen; su cara centelleaba como una luz de emergencia.

–Mamá, ya estoy en casa. Tengo fotos –susurré.

Pero no me oyó.

Retiré el edredón de su cama y lo bajé a la sala; parecía como si estuviera arrastrando un animal grande que no tuviera el menor interés en venir conmigo. Se lo eché por encima. Era para una cama de dos metros de ancho. La que era de papá y mamá antes de que mi padre conociera a Lindy. Demasiado grande para una sola persona; buena parte del edredón cayó y se amontonó sobre el suelo frente al sofá. No quería que se quedara fría por la noche.

Me metí en la cama, pero no fui capaz de dormir. Me enrosqué hasta formar un nudo enorme, enmarañada con mi propio edredón, y pasé un buen rato con la vista clavada en los planetas que brillaban en la oscuridad y en una mancha de humedad del techo que había crecido y cambiado de forma en las últimas semanas. Empezaba a parecerse a un mapa de Rusia un poco aplastado.

No podía dejar de pensar en Ned, con la vista perdida en el horizonte, sin importarle lo que los demás hacían o decían o cómo se sentían. Y su imagen era siempre la misma: sin hablar nunca con nadie, sin hablar nunca conmigo.

Yo querría ser así. Querría tener secretos como Ned. Querría ser indiferente y despreocupada como él.

La luz de la luna se colaba por la ventana cuando me puse unas mallas y una sudadera y salí de casa. Pasé de puntillas junto a mi madre dormida, abrí la puerta y me dirigí a Nettlebog.

12

Se estaba bien allí, en plena noche. Aspiré las fragancias de aquel lugar mientras la luna salía poco a poco de detrás de una nube ribeteada de azul. Había una luz tenue en el ambiente. Desde lo alto, lancé una piedra al agua. Cayó con un chapoteo que se extendió por la superficie en círculos plateados. Se produjo una leve ondulación y sopló una ráfaga de aquella brisa suave entre los arbustos; no había nada especial que hacer más que quedarme en silencio, pensar y ordenar un poco mis ideas.

Deambulé un rato por allí, dando patadas a las ramitas y las piedras, atenta a cualquier sonido que pudiera proceder de la caravana y vigilando por si había indicios de que alguien estuviera aún levantado y rondando por allí. Al principio no había nadie.

Pero luego oí un ruido que sonó exactamente igual que el preludio de un trueno, como si algo gigantesco se cerniera sobre mí. El ruido fue aumentando de volumen como si lo tuviera dentro. Los árboles más robustos parecían agujeros negros. Me acerqué con dificultad y me escondí tras uno de ellos. Me raspé la cara y comencé a jadear muy agitada. Mis piernas temblaron como si el suelo estuviera vibrando, y resultó que sí, que vibraba.

Era Ned, a lomos de su caballo, ambos resplandecientes bajo la luz de la luna. No sé por qué, pero me asusté; tuve miedo de estar allí y miedo de irme a casa.

El caballo corría libre y sin freno, y el ruido sordo de sus cascos al golpear la hierba sonaba como un código secreto incomprensible para mí; me recorrió un escalofrío de arriba abajo. Me quedé quieta, observando a través de las ramas del árbol que me servía de escondite. Todo el tiempo vi una media sonrisa en el rostro de Ned y una mirada brillante de concentración en sus ojos.

Pensé que quizá él también me había visto. Al menos, se quedó mirando en dirección adonde yo estaba durante unos diez segundos más o menos. Mostraba la misma arrogancia que tantas veces había visto en su rostro, pero ahora había algo más: alegría.

En aquel instante, bajo la luz color crema de la luna, vi con más nitidez que nunca que había miles de cosas sobre él que aún no conocía, que Ned podía ir a sitios y hacer cosas que yo no podía ni imaginar. Sujetaba las riendas con mano firme, tenía la espalda erguida y parecía que no le costaba ningún esfuerzo mantenerse seguro sobre aquel caballo que ejecutaba una danza desenfrenada.

Me quedé agachada con los nudillos apretados contra el duro suelo.

No sé cuánto tiempo pasó hasta que el retumbar del galope se atenuó y desapareció. Lo único que sé es que se me durmieron los pies y se me quedaron los puños insensibles, tan torpes y tan fríos que no era capaz de abrir las manos. El sol empezaba a asomarse y había ocurrido algo maravilloso. Nettlebog se había transformado.

Los arbustos habían estallado en un fulgor de flores amarillas que olían a palomitas; eran mantas de flores color mantequilla cargadas de polen. Los matorrales se cubrieron de miles de capullos rosa pálido como si alguien se hubiera acercado de noche sin ser visto para rociar el lugar con una pintura luminosa y llenarlo de ramilletes de algodón de azúcar en miniatura.

Nettlebog Lane era una fiesta de color. Era extraño lo precioso que se había puesto de repente.

Mamá por fin se había despertado. Al no encontrarme, llamó a mi padre para preguntarle dónde estaba. Papá le dijo que era demasiado temprano para llamar a nadie la mañana siguiente a su boda y mamá le contestó que ya lo sabía, pero que su hija, la hija de ambos, aún no había llegado a casa.

Cuando dejaron de discutir y afrontaron el hecho de que su hija estaba desaparecida fue cuando se pusieron histéricos. En cierto modo era agradable pensar que por lo menos hacían algo juntos, aunque solo fuera compartir un ataque de pánico. Papá estuvo a punto de llamar a la Policía.

Cuando volví, estaban completamente histéricos. Me mostré algo arrepentida, pero no mucho.

No me había alejado demasiado, expliqué.

–¿Y tú qué haces aquí, papá? ¿Y por qué os habéis puesto como fieras? A Lindy no ha debido de parecerle demasiado bien que la hayas dejado sola.

–Ya te digo... –contestó él.

–Bueno, es una manera de empezar juntos vuestra vida de casados.

Y él exclamó:

–Minty, de verdad, si no me alegrara tanto de verte de nuevo te estrangularía, en serio te lo digo.

–Está muy feo decir eso –repliqué–. No es nada propio de un padre.

–Vamos a ver, Minty, tienes que hacerte a la idea. Lindy y yo ahora estamos casados y puede que no sea fácil para ti ni para tu madre, pero vas a tener que acostumbrarte.

Y le dije que no sabía por qué se lo tomaba tan a la tremenda. Que para su información, mamá y yo estábamos perfectamente y que de hecho él era el único que estaba haciendo un drama de todo aquello.

–Tranqui, tronco –añadí.

Pero no se rio. Ni siquiera esbozó una leve sonrisa.

–Compréndelo, cariño, es que estábamos muy preocupados –dijo mi madre después de que se fuera mi padre para justificar por qué se habían puesto tan paranoicos–. Bueno, ¿qué tal fue?

—Fantástico, increíble, algo como no había visto nunca.

—¡Caramba!, ¿en serio?

—Ah, ¿te refieres a la boda? Perdona. Sí, bueno, estuvo bien.

Al lunes siguiente, me pregunté si todo habría sido un sueño. Ned llegó al instituto con su aire arrogante. Lo miré, pero él me ignoró como había hecho siempre. Como hacía siempre con todo el mundo.

—Lo vi el sábado por la noche —le dije a Dougie.

—¿Qué? ¿A quién? —preguntó Dougie.

—A Ned. A Ned Buckley.

—¿Dónde?

—Bajé a Nettlebog.

—Eh, se supone que eso solo lo hacemos si vamos los tres juntos. No me gusta que vayas sin nosotros.

—Es que era tarde y me retumbaba la cabeza. Casi me apetecía más estar sola.

Dougie me dijo que si me retumbaba la cabeza tenía que haberlos avisado a él y a Laura, que eran mis silenciadores de cabeza oficiales.

—Pero bueno, no es nada extraño que vieras a Ned por allí, porque vive ahí.

—Ya lo sé, pero iba a caballo.

—Tampoco es que sea nada del otro mundo, Minty. Todo el mundo sabe que tiene caballos. ¿O acaso no vimos el susto de muerte que le dio al señor Doyle precisamente montado sobre uno de ellos?

–Sí, Dougie, pero... es que... fue algo como no había visto en mi vida. Saltaba como si él y su caballo estuvieran hechos de aire. Nadie es capaz de hacer las cosas que le vi hacer. No es solo un chico que va haciendo el loco montado en un caballo. Es una especie de...

–¿Una especie de qué?

–De genio de los caballos.

–No sé por qué estás tan impresionada –terció Brendan, con los ojos un poco entornados–. Hay una ley que dice que no está permitido que los menores monten a caballo por un terreno tan accidentado; de hecho, ni siquiera está permitido que los menores sean dueños de un caballo.

El padre de Brendan trabajaba en el ayuntamiento. Dijo que habían tenido cientos de problemas con caballos viejos en condiciones físicas deplorables que deambulaban por la carretera cerca de la rotonda de Ballyross.

–Este no era un caballo viejo en condiciones físicas deplorables. Era su caballo, fantástico, espléndido y lustroso, el mismo que montaba aquel día delante del instituto.

–Ya, bueno, pero de todos modos necesita papeles, un permiso especial para tener un caballo propio y pasar ciertas revisiones. Ah, y, por cierto, creí que el sábado era cuando se casaba tu padre.

–Exacto. Fui a Nettlebog muy tarde. Después de la boda, mucho más tarde de la hora en la que se suponía que tenía que estar acostada.

–¡Huuyyy, Minty, qué niña más mala! –bromeó Brendan–. ¿Y no te montaron una bronca?

–Pues sí, ahora que lo dices, se pusieron como fieras.

Después de aquello pasé un par de días sin ver a Ned, pero allí estaba de nuevo, al final de la semana, pasando por delante de las taquillas con aire indolente.

–Te vi montando a caballo.

Era un inicio de conversación un poco simplón, lo sé, pero había ensayado otras frases que sonaban aún más simplonas.

–Sí. Lo saco de noche. Galopa de maravilla en la oscuridad.

–Ah. Ya –repuse–. Qué fenómeno.

Él se encogió de hombros.

–¿El caballo es tuyo? –insistí.

–¿Te importa mucho?

–No –admití.

–Entonces, ¿por qué me lo preguntas?

–No quería…, bueno, es que…, eeeh…, es precioso.

Entonces sonrió, la expresión de su cara cambió por completo y me miró; me miró de verdad.

–Sí –dijo.

Y después de una larga pausa que pasó mirándome a los ojos, añadió:

–*Puñal*.

–¿Qué?

–Se llama *Puñal*.

–Muy propio.

–La yegua no es tan veloz, pero también tiene mucha fuerza.

–Ah, sí, cierto, es preciosa: gris, con los ojos negros y perfecta.

–¿Cómo lo sabes?

—Eeeh..., no me acuerdo. Se lo oí comentar a alguien.

Seguí allí de pie y sin saber por qué me puse a balancear los brazos hasta que me di cuenta del ridículo que debía de estar haciendo.

—Oye..., ¿crees...? O sea... ¿Crees que..., quizá podría...?

De repente me sentí como si tuviera la boca llena de piedras que entrechocaban unas contra otras sin dejar que las palabras salieran con fluidez.

Ned no hizo ningún gesto ni ninguna pregunta ni me animó a que me explicara mejor. Se quedó esperando.

—¿Crees que podría ir de visita algún día? —logré articular por fin.

—¿A visitar a quién? —preguntó Ned.

—A los caballos.

—No sé. Puede. Si te apetece —fue su respuesta, no especialmente alentadora.

Pensé que podía ser el inicio de una conversación normal y más larga. Quiero decir que pensé que estábamos más o menos empezando a entendernos, pero Ned tenía por costumbre terminar sus conversaciones de forma abrupta. Giró sobre sus talones, se alejó y me dejó sin más.

—Jamás seré capaz de entenderlo —dije en voz alta sin darme cuenta.

Era imposible entenderlo, desde luego.

Y me pareció más imposible todavía después de lo que me contó Dougie.

13

Los sábados, los padres de Dougie siempre iban a buscar la comida a un restaurante chino y Dougie se quedaba esperándolos en el coche. Fue entonces cuando vio a mi madre hablando con Ned en una esquina. Y además no era una conversación corta, puntualizó cuando le pedí más detalles. Era una charla larga y animada y con bastantes carcajadas por parte de los dos.

–¿Estás seguro de que era Ned? –le pregunté, y Dougie contestó que estaba segurísimo–. ¿Y de qué hablaban?

–No tengo ni idea, Minty, yo estaba al otro lado de la calle. Con las ventanillas cerradas.

–¿De qué te pareció que podían estar hablando? –insistí confusa, intentando por todos los medios sonsacarle información.

–Minty, en serio, no lo sé, pero fuera lo que fuera, Ned se reía, como acabo de decirte. Casi parecía que tu madre le estaba contando chistes o algo así. Me quedé pensando que era bastante extraño.

Era extraño, desde luego. Ninguno habíamos visto reír a Ned.

–Bueno, ¿qué tal va todo, mamá?

–¡Todo va sobre ruedas! –contestó en tono alegre mientras nos sentábamos a cenar. Fideos de arroz, alubias, garbanzos.

–Mamá, ¿conoces a Ned Buckley? Dougie te vio ayer hablando con él en Main Street.

–¿Qué? –preguntó con el ceño fruncido.

–Ned Buckley, mi compañero de clase, el que vive en Nettlebog, ya sabes, donde siempre me dices que no puedo ir. Dougie te vio ayer hablando con él un buen rato. En la esquina. ¿Ned se reía?

–Caramba, Minty, qué cosa más rara. No tengo ni idea de qué me estás hablando.

–Entonces, ¿no estuviste ayer en Main Street? ¿No hablaste con nadie?

–No, cariño. Dougie debió de confundirse.

Se notaba que Dougie se arrepentía de haberlo mencionado. Cuando le volví a preguntar más tarde, soltó un ruidoso suspiro.

–¿Estás seguro de que era mi madre?

–Minty, sé perfectamente cómo es tu madre. Era ella, sin duda.

Insistí tanto que al final Dougie propuso ir a Nettlebog y preguntárselo a Ned, porque le parecía que aquello estaba empezando a convertirse en un misterio y le parecía que ni yo ni ninguno de nosotros íbamos a tener un instante de paz mientras no se resolviera.

Cuando llegamos, empezaba a oscurecer. Los árboles que rodeaban la caravana estaban inmóviles y en silencio cuando los atravesamos de camino a la vivienda de los Buckley. Íbamos muy confiados y seguros de nuestra estrategia. El plan era dirigirnos directamente a la puerta y llamar, pero era evidente que, por alguna razón desconocida, los tres nos sentíamos algo acobardados.

–Oye, quizá no deberíamos estar aquí –dijo Laura–. Creo que esto podría ser invasión de propiedad privada.

–No digas bobadas, esto es un espacio público. Todo el mundo tiene derecho a estar aquí –dije.

Dougie no hacía más que mirar al cobertizo. Oímos un leve arrastrar de pies y, muy despacio, nos dirigimos hacia el lugar de donde procedía.

En cuanto vimos acercarse a los caballos de Ned, supe que aquello era lo que yo estaba deseando, que aquello era parte del motivo por el cual había ido hasta allí, y que quizá los demás porqués no importaban tanto. Los acariciamos, nos quedamos con ellos un ratito y ellos nos miraron como si fuéramos amigos hasta que a Laura le pareció oír un ruido.

–¿Qué es eso? –susurró.

Ella y Dougie se pusieron tensos, alarmados e inquietos, luego se crisparon y les entró la paranoia. Enseguida empezaron a decir cosas como «Creo que será mejor que lo dejemos».

Entonces vi que una luz se encendía de pronto al otro lado de los árboles y dije:

–Bueno, pues si queréis podéis marcharos a casa, no me importa, pero yo he venido a averiguar una cosa y no me voy a mover de aquí hasta que lo consiga.

–Vale –respondieron al unísono, y acto seguido Laura y Dougie saltaron sobre sus bicicletas y pedalearon a más velocidad de la que los había visto pedalear en mi vida.

Me colé despacio entre los matorrales; en el medio se veía el resplandor de la caravana. Me fije en la ventana y vi a la abuela de Ned atizar el fuego con uno de sus bastones, y luego apareció Ned, que llevaba puesta una sudadera con capucha; se inclinó para recoger algo de la cocina y después se dirigió al fuego y bebió un largo trago de una taza con los codos apoyados en la mesa.

Empecé a sentir escalofríos. No podía apartar la vista, aunque de pronto me pareció que no era correcto estar allí espiando. A ver, en realidad no estaba espiando, o, mejor dicho, no había nada que espiar, excepto la charla tranquila que estaban manteniendo los dos. La abuela de Ned lo escuchaba y él también prestaba atención a las palabras de la mujer de una manera que me hizo sentir una extraña. Ned se pasó la mano por el pelo.

Por un instante pensé qué iba a decirle, cómo empezaría a explicarle lo que estaba haciendo allí, observándolos a él y a su abuela, y supe que no iba a ser capaz de encontrar las palabras adecuadas y que cualquier cosa que dijera no sonaría nada convincente.

Así que hice lo que habían hecho Laura y Dougie: me alejé a toda prisa.

14

Detrás de mí, Ned volaba entre los árboles a lomos de su caballo, galopando a más velocidad de la que yo había visto hacerlo a nadie nunca. Durante un terrorífico instante, pensé que se iba a abalanzar sobre mí. Y parecía que todo transcurría a cámara lenta, que el caballo estaba pegado a mí y que alguien iba a morir. Y estaba convencida de que sería yo.

–¿Qué estás haciendo? –grité.

–¿Qué estás haciendo tú? –gritó él a su vez mientras caracoleaba a mi alrededor sobre su caballo.

–Nada. O sea...

–Te lo advierto, no vuelvas a merodear por aquí, ni a asustar a mi abuela ni a molestar a mis caballos. ¿Qué tipo de persona se acerca a escondidas y se pone a mirar por la ventana de otra casa?

De pronto, dejé de sentirme solo incómoda y violenta. De pronto, me sentí abochornada.

Él y su caballo jadeaban con fuerza y en aquel momento no fui capaz de mirarlo a los ojos, ni siquiera de mirar hacia él.

Saltó una nube de polvo, lodo y briznas de hierba que volaron en todas direcciones mientras Ned y su caballo giraban y saltaban. Ned gritó algo muy fuerte que no entendí. Viró con una cabriola. Si no lo hubiera visto hacerlo, nunca lo habría creído. Saltó sobre uno de los arbustos más altos de Nettlebog y se alejó siguiendo la orilla del río. Después no hubo más que silencio y el eco fantasmal de su voz flotando en el aire.

–Lo siento, Ned Buckley –dije para mí.

Y pensé en la sonrisa tan dulce que me había dedicado junto a las taquillas y en su cara que se había iluminado como el sol, y me pregunté cómo aquel chico podía ser la misma persona.

No paraba de pensar en lo mucho que le había hecho enfadar ni de imaginar lo que debió de pensar al verme allí de pie, observándolo por la ventana. Había estado acechando entre las sombras y no era quien él esperaba ver. Al principio no debió de darse cuenta de quién era, y luego, al reconocerme, quizá pensó que tenía alguna intención de la que debía protegerse. Quizá tuvo miedo, pensé por un instante, pero tampoco me parecía muy probable.

–Somos nosotros los que le tenemos miedo a Ned, no al contrario –me dije unas noches más tarde en mi cuarto, mientras me golpeaba el pecho con el pulgar. No era capaz de pensar en otra cosa.

Pero daba igual cuánto intentara enfadarme conmigo misma. Me di cuenta de que el malentendido había sido culpa mía más que de nadie. Y también me di cuenta de que no iba a ser capaz de dejar que las cosas quedaran así.

No podía permitir que Ned siguiera pensando lo que debía de pensar de mí. Ni un minuto más.

Había verdades que necesitaba averiguar. Verdades sobre Ned –y también sobre mí misma y lo que encerraba en mi interior– que necesitaba entender. Era urgente.

–¡Mamáaaaaa! ¡Voy a dar una vueltaaaaa! –grité asomada a la escalera mientras me ponía la cazadora a toda prisa.

–¡Buena idea: ejercicio y aire fresco! –gritó ella, que estaba en la cama conectada a Internet.

Volví a pedalear deprisa y con firmeza y me metí a toda velocidad en el túnel de árboles de Nettlebog sin inclinarme ni hacer quiebros para evitar las ramas puntiagudas que me arañaban la cara y me azotaban las piernas. Era una línea recta de autodisciplina y me lancé a través del grupo de árboles que se alzaban como centinelas en torno a la caravana de los Buckley. No esperé. Llamé a la puerta; un golpe, dos, tres. Y respiré hondo varias veces antes de que se abriera.

–Lo siento.

Ned levantó una ceja.

–Ya sabes, lo de venir la otra noche y quedarme escondida ahí fuera, en la oscuridad. No pretendía hacerte enfadar ni asustar a tu abuela. Creo que invadí vuestra intimidad. No pretendía hacerlo.

–Entonces, ¿qué pretendías? –preguntó con los brazos sobre la cabeza y las manos apoyadas en el quicio de la puerta.

–Pues por eso estoy aquí. Quiero explicártelo.

–¿Explicarme qué?

–Lo que estaba haciendo en realidad. Vine hasta aquí para hacerte una pregunta. Sé que has conocido a mi madre. Dougie te vio hablando con ella en Main Street. ¿Por qué lo hiciste? ¿De qué la conoces? Aquí está pasando algo que yo no entiendo y lo único que quiero es que me digas qué es.

–Lo que es –dijo, con un ruidoso suspiro y la vista fija en algo por encima de mi hombro– no te incumbe.

–¡Ja! Así que es verdad que hay algo que no me contáis. No tiene sentido que intentes negarlo. Tienes cara de ocultar algo. Deberías decirme qué está pasando.

–No pienso hacerlo.

–¿Por qué no?

–Para empezar, no tengo obligación de contarle nada a nadie. Y además, si lo hiciera, lo único que conseguiría sería empeorar las cosas.

–¿Cómo?

–Hazme caso, sé de lo que hablo.

–¿A qué te refieres? No me estás haciendo ningún favor. En serio, Ned. Vale, sé que estás enfadado conmigo por haber merodeado por aquí, lo entiendo. Pero ¿no te das cuenta? Esto es importante para mí. Tengo un testigo que te vio hablando con mi madre. Y ahora lo negáis los dos y tengo la sensación de que alguien está intentando volverme loca.

–¿Por qué te interesa tanto? –preguntó mientras apartaba la vista de algún punto situado a mi espalda y me miraba directamente a los ojos, lo cual me puso muy nerviosa.

–Vale, escucha –dije–. Quizá no sea de mi incumbencia, es solo que... Llevo mucho tiempo sin ver a mi madre reír ni sonreír de verdad, y Dougie me contó que estabais manteniendo una charla muy animada. Y eso, Ned, me hizo preguntarme algo así como: «¿Qué hace mi madre hablando tan contenta con el chico más callado de mi clase, cuando hace mil años que no habla así con su propia hija?».

»No tiene sentido. Tú nunca hablas con nadie. Mi madre no hace más que poner sonrisitas forzadas y aparentar que todo va bien, pero lleva meses sin reírse de la manera que me dijo Dougie que lo hacía cuando hablaba contigo. Así que lo que pasa, Ned, es que estoy desconcertada. Estaba en una esquina, y tú con ella, y los dos hablabais como si fuerais las personas más graciosas del mundo.

Eso era lo malo, y solo fui consciente cuando empecé a hablar con él. De alguna manera, Ned había logrado encontrar y sacar a la luz lo mejor de mi madre, y empecé a darme cuenta de cuál era mi problema: los celos.

–Lo único que quiero es saber qué pasa. Pero ella no me lo va a decir y supongo que tú tampoco.

Estaba tan concentrada explicándole lo que pretendía –aunque yo misma tampoco estaba del todo segura– que no me di cuenta de lo aguda y estridente que de pronto sonaba mi voz. Pero en aquel momento fui consciente de que estaba prácticamente chillando. Ned extendió la mano delante de mi cara y la movió hacia abajo como si fuera un ascensor; una señal, supuse, para indicarme que me callara.

–Vale, muy bien, Minty, gracias. Y ahora, si te calmas de una vez, te lo contaré. ¿De acuerdo?

Yo lamentaba haber alzado la voz y haberme puesto tan histérica, pero lamenté mucho más lo que oí a continuación.

De pronto, la expresión de Ned se volvió tristona. No dio ningún rodeo ni me preparó para lo que iba a oír. Lo soltó de sopetón:

–No sé leer. Y no quiero que nadie se entere.

15

Ned llevaba algún tiempo asistiendo a las clases de mi madre. Los sábados por la mañana. La hizo prometer que no le iba a decir una sola palabra a nadie, sobre todo después de enterarse de que era mi madre.

Resulta que había cosas que jamás había pensado ni me había imaginado de Ned. La más importante, que tenía tanta inseguridad y temores como cualquiera. Que venir al instituto no era el rollo aburrido que quería dar a entender con su actitud. Me habló del coraje que tenía que echarle todos los días y lo difícil que le resultaba fingir que seguía mínimamente las clases.

No se habría enterado nunca de las clases para aprender a leer y escribir de la biblioteca si no hubiera sido por Serena, que había detectado que tenía dificultades con las destrezas más básicas. Fue ella la que se informó sobre el único apoyo gratuito que existía; ninguno de los demás profesores sabía nada de la Montaña del Saber.

–¿Se llama así? –pregunté, y Ned me dijo que sí, y que había un bonito letrero encima de la puerta con ese nombre y un dibujo muy bueno.

Me contó que fue Serena la que por propia iniciativa se acercó hasta Nettlebog a bordo de su Cinquecento rojo. Fue ella quien sugirió a su abuela que Ned tenía el perfil perfecto para recibir refuerzo académico en la biblioteca. Mi madre se había ofrecido a ocuparse de su alfabetización y él se había mostrado conforme, pero solo con la condición de que prometiera guardarlo en secreto.

Es difícil fingir que no conoces a alguien a quien sí conoces, o, mejor dicho, es fácil olvidarte de que tienes que fingir cuando te lo encuentras por casualidad, y eso fue lo que olvidaron mamá y Ned aquel día en la esquina de Main Street.

–Cuando la vi, nos pareció que lo más natural era ponernos a hablar. Nos llevamos bien. Estuvimos planificando la siguiente clase. Intentó mantenerlo en secreto cuando tú le preguntaste porque no quiso romper la promesa que me había hecho.

Me quedé impresionada y también algo molesta.

–No se le suele dar tan bien eso de cumplir sus promesas –indiqué.

–No quiero que nadie se entere de que soy un burro –dijo Ned–. Me da un poco de miedo.

–¿Miedo, Ned Buckley? ¿En serio?

–¿Qué te creías?

–Creíamos que nos odiabas.

–¿Por qué lo creíais?

–Porque no te interesó nuestra amistad, ni siquiera

cuando te la ofrecimos. Porque aquel día no quisiste estrecharle la mano a Laura.

Ned tenía una política: no estrechar la mano de nadie que aún no conociera bien.

—Me ha pasado más veces —explicó—, te arriesgas y le estrechas la mano a alguien y más tarde descubres que no lo merecía.

—Ya, bueno, pues por eso creímos que no tenías ningún interés en nada relacionado con el instituto o con nosotros. No hay una sola persona en clase que haya creído que estabas asustado o algo así. Es a ti al que todos temen.

Ned sonrió y dijo:

—Y así es como me gustaría que siguieran las cosas, si no te importa.

Le aseguré que sus secretos estaban a salvo conmigo.

Me confesó que, en el momento en que me reconoció aquel día en la oscuridad, pensó que había ido a ver los caballos, como le había dicho que quería hacer.

Y en ese caso me los habría enseñado encantado, pero me dijo también que tenía los ojos muy abiertos y con una expresión extraña. Y cuando me di la vuelta y salí disparada fue cuando empezó a preguntarse qué andaría tramando. Le dije que no estaba tramando nada. Todo había sido un malentendido. Me alegré de aclararlo.

Terminamos hablando de lo que le había dicho a Brendan el primer día que oímos su voz; cómo se había mantenido frío y distante y que el único objetivo, me explicó, era protegerse. Era una fachada para ocultar las cosas que se sentía incapaz de hacer, las cosas que no sabía hacer.

–¿Y a santo de qué vino el episodio de cuando aterrorizaste al señor Doyle galopando como loco?

–No pretendía asustar a nadie –aseguró.

–Entonces, ¿qué pretendías?

Dijo que no estaba seguro, pero que tenía que ver con lo de ser diferente.

Dijo que le parecía que si los demás lo veían montar a *Puñal,* tan rápido y con tanto arrojo, quizá se darían cuenta de que él también tenía habilidades. Verían lo que era capaz de hacer, y si todos lo apreciaban quizá no le daría tanta vergüenza no saber leer.

–Supongo que lo único que quería era impresionaros.

–Mala estrategia –repuse.

Y entonces Ned sonrió y, cuando sonrió, se me paralizaron los dedos.

–Tienes razón, supongo. Vale, es una idiotez, visto así.

Y su sonrisa se hizo más amplia y hermosa y dejó ver sus dientes. Y no sé por qué me sorprendí tanto, pero lo cierto es que Ned tenía unos dientes preciosos. La sonrisa lo hizo parecer maravilloso. Después se convirtió en risa y creo que en parte se reía de sí mismo; enseguida me eché a reír yo también: de Ned, del recuerdo de la expresión atónita del señor Doyle y de todos nuestros compañeros de clase, petrificados en el patio de entrada, con los ojos como platos.

Se me saltaron las lágrimas, que rodaron por mi cara hasta gotear por la barbilla, y nos reímos tanto tiempo que casi llegamos a olvidar de qué nos reíamos.

A veces da la impresión de que la risa es algo grandioso, extraordinario e importante, como el coraje o la libertad. Para nosotros, aquel día significó la puerta de entrada a un lugar nuevo, y me pareció tan sencillo entrar que me pregunté por qué antes me había parecido imposible.

La abuela de Ned apareció a su espalda con la misma dulzura de siempre en los ojos.

—Esta es mi abuela —dijo Ned—. Abuela, esta es Minty.

—Pero si sé quién es —respondió la abuela—. Minty y yo somos viejas amigas, ¿verdad, cariño?

Me dijo que estaba encantada de volverme a ver, que no tenía ninguna necesidad de acercarme a escondidas y que sería muy bien recibida en cualquier momento.

—Y ahora vais a tener que decidir si entráis o salís. Esta corriente os va a matar.

En el interior de la caravana había mantas hechas de retales por todas partes, dobladas y apiladas. Lámparas de luz tenue y desigual arrojaban sombras irregulares sobre las paredes. Y a pesar de que era pequeña y había que inclinarse para pasar por la puerta, los distintos espacios tenían un no sé qué que te ayudaba a respirar relajada y a tener pensamientos placenteros. Latas y cajas y estanterías y baúles y cajones y mantas y colores y luz acogedora, y todo apiñado y amontonado.

Había llamas danzando en una estufa negra y dos sillones mullidos colocados uno frente al otro; todo parecía acogedor y alegre. La cocina se reducía a una encimera con una parrilla pequeña; cuatro barras de pan nudosas se alineaban junto al hornillo. Las sartenes estaban colgadas de un gancho del techo y se balanceaban de un lado a otro cada vez que Ned o su abuela abrían o cerraban una puerta.

Las paredes estaban cubiertas de fotos sujetas con chinchetas. Cientos de fotos de *Puñal* y de *Phoebe* y de jinetes y caballos que no conocía.

Me fijé en una vieja foto de Ned que había en la pared, pero cuando la examiné más de cerca vi que no era él. La misma cara, desde luego, pero los ojos eran distintos. Cara de niño: sonriente, manchada de barro, sujetando en alto una copa de plata. Y había otra imagen del mismo muchacho, esta vez montado a caballo, inclinado hacia adelante. Sus brazos rodeaban el cuello del caballo y tenía la misma sonrisa que Ned; se parecía tanto a él que me quedé desconcertada.

–Por un momento creí que eras tú –le dije, preocupada por si me tomaban por una maleducada al quedarme observando las fotos de aquella manera, sin decir nada.

–Es mi viejo –repuso–. Todo el mundo dice que soy su viva imagen.

Y al decir estas palabras, noté un tono de tristeza en su voz.

En cuanto *Puñal* vio a Ned, empezó a resoplar y a mover la cabeza de arriba abajo como si se estuviera preparando para algo especial. *Phoebe* estaba aún más hermosa de como la recordaba. Le acaricié el morro y ella apretó el rostro contra el mío. Debí de hacerle cosquillas en la cabeza, porque durante un instante todo su cuerpo se estremeció y me hizo dar un salto. Ned se echó a reír.

–Si te has portado bien con un caballo, nunca lo olvida –me informó–. Veo que le gustas. Está claro, confía en ti, y ya ves el tipo de caballo que es: si confía en ti, lo hará el resto de su vida.

Ned me dijo que los caballos eran fieles y pasionales, también que eran afectuosos y fuertes y que ojalá los seres humanos se parecieran más a los caballos, porque, si así fuera, el futuro del mundo estaría asegurado.

Y sentí el calor de los cuerpos de los caballos y vi el brillo del vínculo en sus ojos, y no me resultó difícil entender lo que quería decir.

La abuela de Ned era como cualquier otra abuela. O sea, hacía las cosas que me imagino que hacen todos los abuelos, aunque no por propio conocimiento, pues los únicos que tengo viven en Florida y ni siquiera me acuerdo de sus caras. De todos modos, me refiero a que hizo pasteles y bocadillos y parecía casi permanentemente preocupada por si teníamos hambre.

Pregunté si me podía subir al columpio y Ned respondió que por supuesto.

—Es muy divertido, para ser un trasto hecho en casa de cualquier manera. ¿Hay sitio para otro más? –preguntó.

—Eso deberías saberlo tú, es tu columpio –contesté.

Se sentó a mi lado de un salto. El neumático se combó y nos hizo apretujarnos. No lo pudimos evitar.

La caravana de Nettlebog es uno de esos sitios especiales que hay en el mundo donde puedes decir lo que piensas y ser tú misma.

Me encantó lo que me hizo sentir aquel lugar y lo que me hizo decir. Pero lo que más me gustó fue conocer mejor al auténtico Ned, el Ned que después de todo iba a ser mi amigo.

—No lo pillo... ¿Ned Buckley? ¿Ese chico que nunca habla con nadie? ¿Ese chico que se pasa la vida siendo desagradable y frío y creyendo que está por encima de todos? ¿Tu nuevo mejor amigo?

—Eh, calma. Deberíais concederle el beneficio de la duda, igual que estoy haciendo yo. ¿Por qué os ponéis todos tan arrogantes? –le pregunté a Brendan–. Estáis siendo muy injustos con él.

—No estoy muy seguro de que Ned Buckley se merezca tu amistad –manifestó Brendan.

—Ya, bueno, y yo no estoy muy segura de que eso sea cosa de tu incumbencia –repliqué.

16

Después de aquella visita, ir a ver a Ned y su abuela pasó a formar parte de mi vida, y se acostumbraron de tal manera a mi presencia que se extrañaban cuando no aparecía por allí. La abuela de Ned había hecho planes para visitar a su hermana en Kerry, y estaba encantada de saber que podría dejar a Ned sin tener que preocuparse porque estuviera completamente solo.

—Es una tranquilidad saber que vas a estar por aquí —me dijo.

Había tomado por costumbre llevar los libros de clase cada vez que los visitaba. Y le dije a Ned algo así como, oye, podíamos hacer esto juntos, y él me dijo me parece bien, o tal vez me dijo sí, vale, pero el caso es que empezamos a repasar a la vez, y yo leía unas palabras en alto y él leía otras, y a veces hacía como que me equivocaba y por fin vi que él empezaba a corregirme. Debía de irle estupendamente con mamá, porque hasta yo me di cuenta de lo mucho que estaba mejorando.

Después, Ned y yo íbamos a ver los caballos y la abuela nos convencía para que lleváramos un termo de té; para mantener la energía, decía.

Le pregunté si él o su abuela pensaban que había algo mágico en Nettlebog y dijo que no, pero que no era de extrañar que yo lo creyera. Un lugar siempre era especial si en él había caballos felices y bien cuidados. Ellos eran los que creaban la magia, decía Ned. *Puñal* era una preciosidad y todo eso, pero *Phoebe*... A *Phoebe* enseguida la sentí como mía. Esa era la sensación.

–Deberías intentar montarla –me propuso Ned.

–Oh, no. Me daría miedo.

–¿Qué te daría miedo?

–Ir demasiado rápido. Caerme.

La abuela de Ned aseguró que no tenía demasiado sentido hacer nada a menos que te infundiera un poco de respeto, pero dijo también que tener miedo de caerse era como tener miedo de vivir y que le iría bien a mi carácter ahuyentar esos miedos de mi cabeza cuanto antes. Y una buena manera de empezar sería montando a *Phoebe*.

–Además, yo iré detrás de ti –dijo Ned–. Todo va a salir bien.

«Relájate», parecía decir la respiración tranquila de *Phoebe*. «Aquí estás segura», era el mensaje que transmitía su relincho. Le susurré al oído y *Phoebe* se puso a trotar y no me dio demasiado miedo.

Los caballos iban adonde Ned les indicaba, y aquel día recorrimos varios kilómetros al trote siguiendo la orilla.

Mucho, mucho más allá de la caravana, hasta que nos encontramos al otro extremo de la ciudad y en sitios donde jamás había estado.

Ned me dijo que cada caballo tenía su manera de moverse y, cuando los conocías bien, podías distinguirlos aunque llevaras los ojos vendados.

Phoebe era ligera, precisa y delicada, y tenía una elegancia difícil de describir para quien no la hubiera visto.

Hay gente que es capaz de pasar cien años seguidos a lomos de un caballo y seguir sin saber montar bien. Otros captan el sentir del caballo al instante, y ello despierta el don especial que llevan dentro. Eso era lo que Ned y su abuela aseguraban que yo tenía: un don que estaba esperando para salir a la luz. Me moría de ganas de montar tan bien como Ned y habría seguido practicando toda la vida, pero ellos decían que no era la práctica lo que separaba a la gente amante de los caballos de la que no lo era. Era otra cosa imposible de identificar o definir. Algo que logré demostrar no solo a ellos, sino a mí misma. Fui capaz de montar a *Phoebe* y de conocer su manera de girar y de reaccionar, y aprendí su valentía y la forma de sacarla a la superficie; según la abuela de Ned, yo era una amante de los caballos, una amazona nata. Quizá tardara más de lo que recuerdo, pero la impresión fue que enseguida empecé a saltar detrás de Ned, por los arbustos y entre los árboles grandes de Nettlebog, y al poco tiempo recorrí las orillas del río con paso firme, como si alguien me persiguiese. Se creó un vínculo especial entre *Phoebe* y yo que nadie podría romper jamás. Como una cadena, pero invisible, impalpable y mágica.

∨﹀

Uno no se acuerda de cómo aprende las cosas. Simplemente, llega un día en que todo lo haces tan bien que no puedes imaginar que hubo un tiempo en que no sabías hacerlo.

Me encantaba salir a montar y regresar juntos a la caravana para merendar después de nuestras cabalgadas, con la cara sofocada y de un humor excelente, y que la abuela de Ned nos dijera que estábamos guapísimos. Esa era exactamente la palabra que empleaba.

El aire te hace estar guapísimo cuando lo cortas al galope. Así me sentía yo cuando montaba a *Phoebe.* Como si el aire me besara las mejillas y me acariciara el pelo.

Phoebe saltaba sobre los setos espinosos casi tan bien como *Puñal,* y había caminos largos que unían los jardines traseros de cientos de casas de Ballyross donde Ned me dijo que podía aprender a galopar. Los niños que jugaban en los jardines se nos quedaban mirando boquiabiertos y con los brazos caídos al vernos pasar como rayos. Y a veces lanzaba el grito que Ned me había enseñado. No sé por qué. Normalmente no me gusta nada llamar la atención. Pero cuando galopas a lomos de un caballo al que adoras, quieres que el mundo entero te vea y no puedes resistirte a gritar. Creo que es inevitable.

La abuela de Ned estaba a punto de irse a Kerry a ver a su hermana. Iba a pasar fuera cinco días, y, tal como había pronosticado, Ned no quiso ir con ella. Casi mejor, dijo, porque no quería que perdiera más días de clase.

Le prometí que me pasaría por allí para echarle un ojo para que no se sintiera solo, y que pasaría más tiempo en Nettlebog mientras ella estuviese fuera.

Le dije que no había nada en el mundo que me apeteciera más que estar en Nettlebog. Ella me respondió que era una buena vecina. Dijo que habían tenido mucha suerte de haberme conocido, y yo contesté que el sentimiento era recíproco.

–Vamos juntos mañana al instituto –propuso Ned.

Le dije que me parecía buena idea y era evidente que a su abuela le encantó. Y noté que algo se alegraba en mi corazón, porque había empezado a llenarse con una mezcla de cosas. Cosas como lealtad y vínculo, esperanza y amistad.

17

A la mañana siguiente la luz del sol se filtró por mi ventana y me levanté antes de que sonara el despertador. Me tomé un vaso de leche con cereales y casi derrapé al salir de casa. Mamá acababa de levantarse.

–¿Has desayunado, Minty? –gritó. Le dije adiós con la mano desde la bicicleta, sacó la cabeza por la ventana y dijo–: ¡Minty, por ahí no se va al instituto!

–¡No te preocupes! –grité yo también–. Tengo que recoger a alguien.

Ned salió mordisqueando una manzana.

–¡Buenos días! –Me recibió con una sonrisa–. Sígueme.

Se dirigió hacia el cobertizo de los caballos con paso firme sobre el terreno cubierto de maleza.

–¿Adónde vas? Vamos a llegar tarde.

–Ven conmigo –fue su respuesta–. Tengo que ir a dar los buenos días a *Puñal* y a *Phoebe*.

Podía haberme negado, pero no lo hice.

Me dio una manzana para *Phoebe* y le ofreció otra a *Puñal*, que lo acarició con el hocico. Di unas palmaditas en el cuello a *Phoebe;* parecía algo nerviosa. No sabía por qué.

Ned abrió la puerta y sacó a *Puñal*.

–Bueno, y ahora, ¿qué haces? –le pregunté.

–¿A ti qué te parece que estoy haciendo? –preguntó a su vez, mientras *Phoebe* salía a la luz del sol con pasos delicados y sacudía el cuerpo como si se estuviera preparando.

–No lo sé.

–Estoy intentando hacerte un regalo.

–¿Un regalo?

–Sí.

–¿Qué?

–Una historia que contar.

–¿Una historia? –repetí mientras entornaba los ojos para verlo mejor a la luz de la mañana.

–Sí.

Ahora sujetaba los dos caballos y los colocaba uno junto al otro.

–Todo el mundo necesita una buena historia que contar. Y vale, ya tienes alguna más ahora que eres..., ya sabes, amante de los caballos. Pero sigo teniendo la impresión de que aún no tienes ninguna que de verdad valga la pena.

Los caballos me daban golpecitos suaves con la cabeza como si también quisieran convencerme, igual que su dueño.

—Ya tengo un montón de historias, muchas gracias —dije.

—Esta no.

—¿Cuál?

—La del día que fuiste al instituto a caballo con Ned Buckley.

—Ned, ¿te han dicho alguna vez que estás loco?

—Sí.

Su sonrisa provocó que me diera un vuelco el corazón y me hizo pensar por un instante que podía ser un poco como él, un poco más aventurera, y que podía hacer cosas con las que la mayoría de la gente ni se atrevería a soñar.

Me eché la mochila a la espalda y salté sobre *Phoebe*.

Antes de ponernos en marcha, dirigí la vista hacia la casa de Dougie y lo vi de pie frente a la ventana de la cocina. Tenía una taza de té en la mano, pero parecía como si estuviera suspendida en el aire. Estaba boquiabierto. Lo saludé con la mano. Él no apartó los ojos de mí, pero no me devolvió el saludo; a decir verdad, ni siquiera tuve tiempo de preguntarme por qué. Ni tampoco me importó gran cosa.

Estaba demasiado ocupada escribiendo mi historia junto a Ned Buckley.

Aquel día, *Phoebe* y yo tuvimos que galopar más deprisa que nunca para seguir el ritmo de Ned y *Puñal*. Pasamos la rotonda de Ballyross y las hileras de casas. Noté el viento en la cara y el calor y la fuerza de *Phoebe*.

–¡Sígueme! –exclamó Ned, como si todos mis átomos no lo estuvieran siguiendo ya.

Y aquel fue el día en el que Ned y yo fuimos al instituto por los caminos que unían los jardines traseros de las casas. El viento nos pegaba la ropa al cuerpo mientras oía la respiración regular de los caballos y el ritmo idéntico de su galope, y me sentí orgullosa de mí misma. Ned se reía y me fijé en su forma de inclinarse cuando montaba, de agarrar la melena de *Puñal*, en su mirada de concentración. E intenté por todos los medios hacer lo mismo.

–¿Cómo has aprendido a hacer eso? –le pregunté a gritos mientras mantenía su ritmo a duras penas.

–Llevo entrenando desde los cuatro años –contestó también a gritos.

–Te estás preparando para la carrera de Ballyross, ¿verdad?

–Sí. Eso es precisamente lo que estoy haciendo. ¿Cómo lo sabes?

–Sé muchas cosas –repuse.

El requisito de montar a pelo en la carrera de Ballyross le iba a Ned como anillo al dedo. Era imposible colocarle una silla a *Puñal*, por mucho que lo intentase.

Ned me hizo prometer guardarme para mí todo lo relacionado con la carrera.

–Por supuesto que no diré nada a nadie –aseguré.

Me advirtió que ahora me parecía muy lógico, pero que si en algún momento me encontraba sometida a cualquier tipo de presión para decirle a una sola persona que iba a participar en la carrera quizá lo vería de manera distinta. Pero por mucho que intentaran sonsacarme información, tenía que estar muda como una tumba.

–Vale, vale, entiendo. Mis labios están sellados –dije.

Y él dijo que muy bien, porque lo único que no debíamos hacer era poner a nadie sobre aviso. Teníamos que pillar a todos por sorpresa. Pillarlos por sorpresa era parte del juego.

Serena estaba junto a la verja del instituto, mirándonos y protegiendo sus ojos de la luz con la mano. Estaba demasiado lejos para distinguir su expresión, pero ya me imaginé que estaría furiosa. Demasiado tarde para remediarlo, pensé. Al recorrer al galope la última recta, vimos a más gente arremolinándose junto a la verja.

–Vamos a darles espectáculo –propuso Ned–. Venga, tres vueltas al patio de entrada, a ver de qué pasta estás hecha.

Era inapropiado y nos íbamos a meter en un lío, pero no me importaba. Además, los caballos mantuvieron el mismo ritmo y me sentí atrevida y temeraria, así que allá fuimos. Galopamos como poseídos. Para entonces, toda la clase nos estaba mirando, y algunos incluso nos animaron.

✓

Apareció un hombre. En cuanto Ned lo vio, desapareció la felicidad de su rostro. Era del ayuntamiento, dijo Ned. Él y su abuela ya se habían reunido con él unas cuantas veces.

–Dámela –me indicó Ned–, voy a llevarlos a casa. Si te pregunta alguien, diles que fue culpa mía y que te he arrastrado por el mal camino.

El hombre resultó ser el padre de Brendan. Ambos tenían los hombros idénticos. Sus siluetas eran exactamente iguales.

El señor Kirby se dirigió a nuestra clase y, cuando llegué, él ya se encontraba allí gritándole a Serena. En cuanto entré, centró su atención en mí y me preguntó:

–¿Dónde está el chico que venía contigo?

–Se ha ido a casa –respondí.

–¡Ja!, ya ve usted. ¡Se ha largado sin más! –exclamó el señor Kirby–. Es un gamberro. Conozco sus andanzas. Se rodea de otros gamberros como él y van a montar junto a la vieja fábrica. Los he oído gritar y vociferar montados en esos caballos asquerosos.

El padre de Brendan hablaba como si estuviera en posesión absoluta de todos los detalles y de toda la información del mundo entero.

–Quiero que sepáis que ese chico está involucrado en una actividad que es ilegal y para la que carece de permiso.

Procede de una familia poco recomendable. Es una influencia nefasta y ya le he dicho a mi hijo que se mantenga apartado de él de ahora en adelante.

Podía haberle dicho que no tenía de qué preocuparse, pues Ned no tenía el más mínimo interés en acercarse a Brendan.

–Ese chico no da más que problemas. Es escoria. Hay que hacer algo con él.

Serena no lo había interrumpido. No había dicho ni una sola palabra, pero me di cuenta de que se estaba preparando para hablar. Se inclinó hacia adelante y apoyó las manos en su mesa.

–Debo decir que estoy verdaderamente impactada –dijo, y tuve el presentimiento de que sus palabras eran el principio de un largo discurso.

18

Un mechón rebelde y negro se había escapado del recogido de Serena.

–¡Estarás contenta! –exclamó el señor Kirby mientras me apuntaba con el dedo como si me fuese a disparar–. Tu profesora está impactada. Impactada por lo que os ha visto hacer a ti y a ese chico.

Serena levantó una mano y sus uñas azul pálido se abrieron como una formación de pájaros diminutos. Empezó a hablar despacio, en un tono suave al que todo el mundo prestó atención.

–Lo que me ha impactado, señor Kirby, es que llevo más de un año dando clase a estos chicos y hasta hoy no me había enterado de que entre ellos había tan magníficos jinetes –puntualizó.

El señor Kirby contrajo su cara y frunció el ceño.

–Y otra cosa que me ha impactado –continuó Serena– es que mucha gente en esta ciudad, ilustres modelos a imitar como usted, parece considerar aceptable referirse a un chico, a un chico bueno y sin tacha, del modo que usted lo ha hecho.

–¿Un chico bueno y sin tacha?

–Le diré lisa y llanamente, señor Kirby, que no debe gritarme en mi propia clase.

El hombre estaba a punto de volver a hablar, pero Serena levantó la mano, y, como por arte de magia, lo hizo desistir.

–Si usted piensa mal de un chico, y además lo difama, lo único que puede esperar es que haga cosas que a usted no le gustan.

El padre de Brendan apretó los labios hasta que se le pusieron blancos, cerró los puños y se quedó junto a la puerta haciendo esfuerzos por parecer más alto.

–Montar a caballo en espacios públicos es una noble y antiquísima actividad.

–Apelando a su cordura, ¿de qué está hablando?

–Señor Kirby –dijo Serena–, ¿sabe cuál es la diferencia entre un héroe y un delincuente? ¿Sabe cuál es la diferencia entre la temeridad y la valentía? ¿Entre violar la ley y ser un ejemplo de coraje y disciplina?

El señor Kirby abrió y cerró la boca mientras mantenía la vista clavada en Serena sin pestañear. Parecía un pez gigantesco.

–Claro que lo sabe. La diferencia es el contexto. Cambie un campo embarrado de Dublín por una plaza empedrada de Siena y se dará cuenta de lo que pretendo decirle. Ned y Minty poseen una destreza que hace honor a una antigua tradición. Hacen lo que se debe hacer en la vida. Toman la energía de vivir, cruda y caótica, y la transforman en fuerza y valentía.

–¿Me está diciendo que le parece bien todo el caos que ha provocado ese chico al montar su caballo por donde le ha dado la gana, al aterrorizar a profesores y alumnos y al arrastrar con él a una de sus compañeras de clase? No irá a decirme en serio que ese comportamiento le parece aceptable.

–Señor Kirby, admito que puede parecerle un poco salvaje. Pero por lo visto usted no llega a comprender del todo lo que cuesta ser capaz de hacer lo que hace él.

Daba la impresión de que el padre de Brendan tenía muchas más cosas que decir, pero estaba claro que ahora era Serena la que llevaba la voz cantante.

–Me ha contado usted muchas cosas esta mañana, me ha dicho lo que siente y lo que piensa sobre el asunto de Ned Buckley, y ahora soy yo la que le va a contar un par de cosas sobre él.

Serena inspiró profundamente y soltó un suspiro.

–Si ese chico... –Señaló la puerta como si Ned estuviera detrás. Los colgantes de piedras rojas de su pulsera tintinearon como campanitas y su fino dedo se mantuvo quieto en el aire mientras hablaba–, si ese chico viviera en Siena, la ciudad donde nací, todo el mundo lo idolatraría.

Hizo una pausa durante unos instantes.

–Esa destreza, Dios mío, esa destreza –susurró por fin–. Dios mío, es increíble. Qué chico, qué habilidad... Habría una muchedumbre detrás de él con las palmas de las manos levantadas hacia el cielo como si fuera un dios. Habría representantes de cada uno de los barrios de la ciudad rogándole, suplicándole, que entrenara con ellos y compitiera por ellos.

Se produjo otro silencio en el aula. No se oía ningún ruido a excepción de la respiración del señor Kirby, que soltaba unos tremendos resoplidos de rabia.

–Me alegra poder decir que es muy probable que Ned sea inmune a los insultos de personas adultas como usted, que se sientan a juzgarlo aunque no sepan nada de su vida.

De pronto, la cara del señor Kirby se tornó de un rojo azulado.

–¿Qué está usted diciendo, señorita Serralunga? ¿Qué está intentando decirme?

–Estoy intentando decirle que ese chico –respondió Serena, modulando la voz como en una melodía– bien podría participar en El Palio de Siena. Desde luego, es lo suficientemente bueno, por supuesto lo suficientemente capaz y sin duda lo suficientemente valiente.

Nadie dijo nada.

–Y ahora, por favor, salga de mi clase.

El señor Kirby siguió resoplando, chasqueó la lengua y jadeó durante unos instantes, pero por fin se volvió y salió del aula dando un portazo.

–Minty, sal un momento, por favor –me indicó Serena.

Me levanté de mi pupitre y salí al pasillo tras ella.

–¿Dónde está Ned? –me preguntó.

Le dije que había ido a su casa a llevar a los caballos y que estaba preocupado por lo que el señor Kirby pudiera hacer, así que había decidido sacarlos de en medio.

–Ah, muy bien –dijo.

Luego me preguntó dónde tenía los caballos y si tenían bastante agua y cosas así, y yo contesté:

–Está usted hablando de Ned Buckley. Cuida a esos caballos a la perfección. Es un experto, los caballos están muy bien atendidos y en un sitio seguro. En lo concerniente a esos dos animales, no hay de qué preocuparse.

–Bien –dijo Serena cuando todos se calmaron de nuevo–. Esta mañana ha habido bastante revuelo y no voy a insistir sobre ello. Pero no estaba exagerando. Lo que dije de Ned es cierto. Cada una de mis palabras. Si viviera en Siena, lo entrenarían para El Palio.

Orla levantó la mano.

–Sí, Orla, dime.

–¿Dónde está Siena, señorita?

–¿Y qué es El Palio? –se sumó Dougie.

Serena había empezado a escribir el guión de la clase en la pizarra. Se detuvo y se volvió para mirarnos.

–¿Puede alguien responder a las preguntas de Orla y Dougie?

Nadie dijo una palabra.

–¿Qué es esto? –preguntó mientras recorría el aula con la vista como si estuviera empezando a percatarse de algo horrible.

–¡Cielo santo!, ¿cómo he de interpretar este silencio? –preguntó, al tiempo que empezaba a girar con los brazos extendidos–. ¿Cómo es que no suspiráis de alegría y orgullo al oír estas palabras, como haría cualquier ser humano civilizado?

–*Il Palio? Il Palio?* –repitió.

Nadie tenía ni idea de qué estaba hablando.

–¡Me invade la indignación más ominosa! –exclamó, y el golpe de su elegante zapato contra el suelo resonó en el aula–. ¿Acaso esas caras inexpresivas me están transmitiendo algo que no quiero creer? ¿No hay nadie que sepa de qué estoy hablando? *Il Palio? La Piazza del Campo?* –añadió mientras intentaba descubrir un atisbo de conocimiento en nuestros ojos–. *Le Contrade di Siena? Gli fantini?* ¿Nadie? ¿Nadie? ¡Oh, por el amor de Dios...?

Más silencio.

–¿Ninguno de vosotros sabe de qué estoy hablando? ¿Qué es *Il Palio?* –insistió Serena, y sus palabras sonaron como una un lento rosario de estupefacción–. ¿Qué es *Il Palio?*

Una cosa estaba clara. Iba a necesitar tiempo para explicárnoslo.

19

–Hay una plaza en Italia..., una plaza que no es cuadrada, como las de aquí. Una plaza en forma de abanico. La ciudad se llama Siena y la plaza es la Piazza del Campo.

La cara de Serena parecía estar iluminada por una luz diferente, aunque en realidad era un día nublado y gris.

–El amanecer es una explosión espectacular. Proyecta luz rosada en todas direcciones. Cada día trae la eclosión de un nuevo despertar. Los camareros silban mientras abren las puertas y la *piazza* se va llenando. Los niños corren, los grupos charlan, los turistas se sientan sobre los adoquines lisos, poseídos de una necesidad imperiosa de tirar sus planos.

–¿Por qué iban a querer tirar sus planos, señorita? –preguntó Laura.

–¿Y qué falta te hace un plano si no quieres moverte de un lugar? –contestó Serena.

La mujer comenzó a pasear por la clase rozando las estanterías, con su larga chaqueta flotando a su espalda, que estuvo a punto de rasgarse con uno de los ganchos junto a la puerta. Abrió una ventana y dejó que entrara algo del aire fresco exterior.

–Bajo el calor de la tarde –continuó–, la torre del reloj proyecta su silueta sobre el suelo empedrado. Muchos se dirigen despacio hacia su sombra, como los gatos.

–Parece precioso –comentó Laura.

–¡Lo es! Es precioso, más que precioso, distinto de algo precioso, pues no es un lugar normal y corriente, por muy bonito y tranquilo que pueda parecer esas tardes.

Las manos de Serena revolotearon de nuevo en una especie de evocación del lugar que intentaba describir.

–Es místico y especial. Los ciudadanos de Siena saben bien lo afortunados que son de tener un lugar así en el corazón de su ciudad. La Piazza del Campo es un lugar que rinde homenaje a la unión y la amistad, un lugar agradable y protegido, lleno de calidez y de sombras.

Incluso Brendan se inclinó hacia adelante y apoyó el pecho en el pupitre como si no quisiera perderse una sola palabra.

–Así que ahora que todos deberíais tener una imagen perfecta de la Piazza del Campo, quiero que la fijéis en vuestra mente. Imaginad la forma de las piedras. Imaginad la luz rosada que la invade cada mañana y la sensación de paz que flota en el ambiente. Mantened esa imagen y ahora permitidme que os pida que os fijéis en otra cosa: el acontecimiento que se celebra allí dos veces al año y que la altera por completo; el evento que convierte a esa misma Piazza del Campo en un escenario donde se representa el drama más extraordinario del mundo.

Parecía como si todos estuviésemos hipnotizados.

–La Piazza del Campo se convierte en el escenario de una carrera antiquísima. Una carrera de caballos. Muchos os dirán que es la carrera más grandiosa y espeluznante del mundo entero. Dura noventa segundos: a pelo, encarnizada, vertiginosa. Comienza con el pistoletazo de salida y los gritos del público. Diez jinetes de mirada enloquecida recorren al galope e inclinados sobre sus monturas el perímetro de la *Piazza* y lo arriesgan todo por hacerse con la bandera de la victoria conocida como *Il Palio.*

Su voz era de acero y terciopelo. No se oía ni una mosca.

–Cuando termina, los espectadores caen de rodillas; algunos por el triunfo, otros por la angustia. Los forasteros preguntan a menudo cuál es el objetivo de ese ritual frenético y las pasiones que desata. El Palio cumple con funciones diversas, pero por encima de todo es un recordatorio de saberes profundos y antiguos: que los grandes cambios se producen en un abrir y cerrar de ojos; que un lugar tranquilo puede volverse peligroso; que los amigos pueden convertirse en enemigos, y que las cosas no siempre son lo que parecen.

»Ned Buckley no es lo que aparenta ser. No es lo que parece. No es lo que dicen que es. Hace falta mucha práctica para montar a caballo como él. Ah, Minty, no me malinterpretes: tú también eres hábil y asombrosa. Pero es que Ned...

–Sí, por supuesto, gracias, lo entiendo –repuse. Al menos me concedía una mención, pero estaba claro que era Ned quien la había impactado de verdad.

La puerta se abrió con un chirrido. Si lo que pretendía era entrar sin que nadie se diera cuenta, desde luego no lo había conseguido.

Todas las cabezas se volvieron hacia él, hacia Ned Buckley, el de la reputación nefasta, al que todo el mundo temía, del que nadie sabía muy bien qué pensar. Y entonces sentí en lo más hondo de mi ser que aquel era uno de esos momentos cruciales en que la opinión pública puede decantarse en una u otra dirección. Era responsabilidad mía. Aquella era mi oportunidad para defenderlo, y cuando se presenta la oportunidad, hay que aprovecharla, aunque no se tenga la completa seguridad de cuál va a ser el resultado.

Me puse en pie y señalé a Ned.

–Es el caballo oscuro –anuncié, pero me di cuenta al instante de que nadie tenía la menor idea de lo que quería decir–. ¡El caballo oscuro de la competición! La carrera de Ballyross. Puede ganarla. Es famosa. Se celebra el domingo que viene. ¡Y Ned va a competir contra algunos de los jinetes más experimentados del país!

Ned no parecía orgulloso ni avergonzado, nada que yo pudiera esperar tras oír mis palabras. Parecía enfadado. Hizo ese gesto como de cortarle la cabeza a alguien y tardé unos instantes en darme cuenta de lo que acababa de hacer, en entender que estaba intentando hacerme callar.

–No va a haber carrera el domingo. Se ha cancelado. Minty no se entera de nada.

Por supuesto, Ned estaba mintiendo. Solo quería hacerles creer que la carrera se había suspendido para despistarlos. La carrera de Ballyross jamás se suspendería. Era un ritual muy antiguo y todavía quedaba mucha gente que nunca dejaría morir una tradición como aquella.

–Perdóname; me siento como una idiota por haber contado nuestro secreto a todo el mundo –le dije más tarde, cuando pudimos estar a solas.

–No te preocupes, no pasa nada –respondió Ned.

Pero fue una de esas veces en que estar con él me hizo sentir como una niña tonta.

Teníamos que averiguar todo lo relativo al Palio. Serena nos dijo que teníamos que hacer un trabajo. Pero aunque no nos lo hubiera dicho, todo el mundo se habría puesto a buscar información nada más llegar a casa.

El Palio lleva celebrándose dos veces cada verano desde 1356. Es la carrera ecuestre más impresionante del mundo.

Los diez jinetes son héroes y a todo el mundo le gustaría ser uno de ellos, pero casi nadie lo consigue. Los caballos son hermosos y fuertes y tienen su propia motivación para correr más rápido que los demás. Para los caballos no se trata de gloria, dinero, fama ni nada parecido. Se trata de hacer lo que se supone que deben hacer, para lo que nacen. Para ellos no es cuestión de cumplir con la carrera, sino de cumplir con el momento.

Una muchedumbre, ruidosa, colorida y apiñada, bulle en el centro de la plaza que tiene forma de abanico gigante.

Hay ruido por todas partes; la gente grita y parece que el bullicio no se va a aplacar nunca, hasta que, en un instante mágico, todas las cabezas se vuelven hacia un hombre que se coloca en el centro, junto a la línea de salida: camisa blanca, expresión solemne.

El hombre levanta una pistola en el aire. Cada uno de los jinetes tiene una expresión imposible de describir, salvo que sus rostros reflejan coraje y temor al mismo tiempo.

En las profundidades del tenso silencio, la pistola se dispara, el gentío se alza como una sola persona y monturas y jinetes emprenden la carrera. Entonces parece que, en lugar de personas, los caballos llevan alas en el lomo.

Cada jinete porta un color y un sombrero que representan a los distintos barrios de Siena. Cada barrio se conoce como *contrada* y tiene su propio escudo de armas. Todo el mundo quiere que gane su *contrada*.

La carrera es corta y veloz, pero se desarrolla como si esos pocos segundos fueran lo único que importara en el mundo.

Cuando el ganador cruza la línea de meta, hombres hechos y derechos lloran, se abrazan y se besan; alguno parece que se va a desmayar. Miles de puños se alzan. Miles de rodillas golpean el empedrado. Miles de brazos se alzan al cielo.

Serena nos había puesto a Ned y a mí juntos para hacer el trabajo del Palio. Esas fueron solo algunas de las cosas que aprendimos. Ned ya leía mucho mejor. De vez en cuando se le atragantaba alguna palabra, pero no más que a cualquier otro. Nadie diría que acababa de aprender.

Teniendo en cuenta que no sabíamos nada sobre aquella ciudad y su carrera, logramos reunir una increíble cantidad de información. No fue nada difícil. Si te apetece echar un vistazo, en Internet encuentras cientos de cosas.

«Es como ir a la Luna», dice uno de los jinetes de Siena en una entrevista publicada en un blog italiano sobre caballos que encontramos. «Después de correr El Palio, ya no vuelves a ser el mismo. Una vez que has formado parte del Palio, las cosas cotidianas están enaltecidas con valentía y coraje.»

–¡Ah, *perfetto!* –exclamó Serena cuando Ned y yo terminamos la presentación del trabajo, tras los aplausos de toda la clase.

Y su mirada voló hacia la ventana, más allá de las suaves colinas que rodean el instituto. Durante un rato se hizo evidente que ya no estaba entre nosotros ni en el instituto de Ballyross. Estaba en la Piazza del Campo y formaba parte de una muchedumbre exaltada.

Al principio, incluso Brendan había mostrado interés, pero luego dijo que aquel trabajo consumía mucho tiempo

y que nos estaba distrayendo de lo que en realidad deberíamos estar aprendiendo.

–Señorita, ¿nos puede recordar por qué llevamos toda
la semana estudiando El Palio?

–¡Venga, Brendan, cállate! –gritamos todos, pero ya
tendríamos que saber que era muy difícil hacer callar a
Brendan.

–Dice mi padre que en la programación no figura
nada de eso. No tiene sentido dedicar tantas horas a una
cosa tan irrelevante. No podemos ignorar la realidad, y es
que hay un montón de temas que deberíamos estar estudiando.

Serena se quedó mirando a Brendan diez segundos sin
decir una palabra.

–¿No tiene sentido ignorar la realidad? ¡Vamos, Brendan, no digas ridiculeces, por supuesto que lo tiene! –repuso–. ¿Cómo puede haber alguien capaz de pensar en
dar la espalda al potencial humano para ocuparse de las
banalidades de la realidad?

Lo dijo como si se estuviera refiriendo a toda la clase,
pero para mí estaba clarísimo que la única persona a
quien se refería era Ned Buckley.

–Debería venir a ver la carrera el domingo, señorita –dijo
Ned cuando todo el mundo estaba recogiendo.

–¿La carrera?

–Sí, la carrera de Ballyross.

–Pero ¿no la habían suspendido? –preguntaron todos casi al unísono.

–Por supuesto que no la han suspendido –respondió Ned con una sonrisa–, pero es mejor que no todo el mundo lo sepa. –Ned miró a Brendan, que estaba sentado con las piernas estiradas y los brazos cruzados–. ¿Verdad, Brendan?

–Conozco a un montón de tíos como Brendan –me explicó Ned más tarde, mientras cepillábamos a los caballos al oscurecer–. Es el tipo de persona que entra derecho al trapo cuando hay que hacer un trato. Y cuando hay que mantener algo en silencio, todo el mundo tiene un precio, y él es más barato que la mayoría.

Ned había pagado a Brendan para que no le contase a su padre que se iba a celebrar la carrera de Ballyross. Brendan iba a tener la boca cerrada. Ned estaba seguro de ello.

20

No sé cómo funcionan los instintos humanos. Es un misterio, supongo. Cuando aquel día enfilé mi calle al volver a casa después de clase, casi al trote, impaciente por contarle a mi madre el éxito de nuestro trabajo y la nota que nos habían puesto –y con la idea en mente de acercarme después a ver a Ned–, supe que había algo anormal, que algo no iba bien. Primero fue una quietud extraña en el aire, una sensación distinta de la tranquilidad que se respira en nuestra calle cualquier otra tarde en un día de diario. Después comenzó a soplar un viento desagradable y me invadió una sensación de frío como si hubiera empezado a caer una lluvia helada.

Metí la llave en la puerta, pero cuando traté de empujarla, algo desde el otro lado me lo impidió.

–¿Qué demonios...?

Llamé a mi madre con un susurro, luego más alto y luego grité:

–Mamá... ¿Mamá? ¡Mamá!

Y deseé oír como respuesta «¿Qué, Minty?» o «Cálmate, estoy aquí» o incluso «Por Dios, Minty ¿a qué vienen esos gritos?».

Pero no oí nada de eso. Por el contrario, solo percibí un quejido ahogado. Había un peso que bloqueaba la puerta, y aquel peso era mamá.

–¿Mamá? ¡Mamá!

–Minty, cariño... –susurró con un hilillo de voz–. Me he caído. Estoy en el vestíbulo y no puedo moverme. Lo he intentado, pero algo le pasa a mi pierna.

Y después oí otro quejido y mi madre dejó de hablar, así que no supe qué hacer.

Llamé a todas las puertas de nuestra calle. No había nadie en casa y recorrí la calle a la carrera tres veces, cuando en realidad tenía que haber llamado a una ambulancia o haber hecho algo más práctico para buscar ayuda, pero mi cerebro no era capaz de funcionar como era debido.

No logré comunicar con mi padre. Y no se me ocurría a quién más podía recurrir, así que llamé a Ned.

–Ned, necesito que venga tu abuela con la furgoneta ahora mismo, por favor. Es una emergencia. Es grave. Necesito que me ayudes.

Para entonces ya sabía que la abuela de Ned poseía esa personalidad fiable y sólida que tienen algunas personas y que te hace estar segura de que puedes contar con ellas. Así que me senté a esperarla en el escalón de la entrada con los codos apoyados en las rodillas mientras jadeaba y hablaba con mamá, con la puerta entre nosotras. Aunque había dejado de responderme.

Llegó enseguida; un rugido estridente y un traqueteo estrepitoso rasgaron el aire y la vi enfilar la calle dando tumbos y escupiendo nubes de humo a su espalda. La furgoneta de Nettlebog de la abuela de Ned. Blanca, sucia y oxidada. Se detuvo con brusquedad delante de nuestra casa.

Una figura alta salió con decisión y corrió hacia mí. No era la abuela, era Ned. Su abuela se iba a quedar en Kerry con su hermana hasta el domingo. Me había olvidado de que Ned estaba solo. Me había olvidado por completo.

Me puse en pie. La respiración contenida salió de golpe en forma de grito. Me aferré al brazo de Ned y, por un instante, él también se aferró al mío.

Señalé la puerta y no sé cómo consiguió abrirla. Allí estaba mi madre, pálida e inconsciente. Ned se arrodilló a su lado.

No hace falta que nadie me diga lo idiota que soy ante una crisis. Me quedé allí mirando, paralizada, y tardé en darme cuenta de que Ned me estaba hablando.

—La tengo, Minty, tengo a tu madre. Tranquila, ya está. Déjame pasar.

La llevó en brazos como si fuera un bebé, aunque por supuesto mamá es bastante más grande. Ned era fuerte y no parecía que le costara mucho trabajo. De la boca de mi madre colgaba un hilillo de baba. Ned le echó por encima una de las mantas de retales que hacía su abuela, le levantó la cabeza y colocó debajo una bolsa a modo de almohada.

—¿Está usted bien? —le dijo a mi madre, que estaba muy lejos de estar bien.

Me dijo que me subiera a la furgoneta.

–¿Quieres llamar a alguien más? –me preguntó, mientras salía disparado pisando el acelerador y con el sonido del motor de fondo, que chillaba como si estuviera vivo.

Puede resultar algo estresante tener un amigo que no hace caso de la ley, de los límites, de los permisos ni de la necesidad de tener carné de conducir. Pero estoy segura de que en aquella ocasión, de no haber sido por él, las cosas habrían terminado de manera muy distinta.

21

No me extrañó nada que Ned condujera deprisa y con extraordinaria habilidad.

Llegamos al hospital enseguida y, una vez allí, Ned pidió ayuda a gritos en la puerta de urgencias. Dos enfermeros y un médico trasladaron a mamá a una camilla con ruedas.

–Ahora ya está todo bajo control, nos la llevaremos de aquí –dijo uno de ellos.

El café de la máquina expendedora sabía a caldo.

–¿No crees que deberías intentar ponerte en contacto con tu viejo? ¿No crees que al menos debería saberlo? –me preguntó Ned.

–Escucha, no quiero hablar de mi viejo, o sea, de mi padre. No quiero hablar de mis padres.

No era cierto. La verdad es que sí quería, aunque no fuera consciente de ello. Ned esperó y al final le conté mi sensación de que todo se estaba desmoronando.

–Mi padre acaba de casarse con su nueva novia. Bueno, lo que quiero decir es que se conocieron hace poco, pero el caso es que ya se han casado. Fui a la boda. Llevé la cesta con los pétalos de rosa.

Ned hizo un gesto de comprensión.

–Fui testigo de cómo se distanciaron –continué–. Mi madre está hecha polvo. Consume tanta energía en aparentar que está bien que ni siquiera es capaz de ver por dónde pisa. No me extraña que se cayese por la escalera.

»Mis padres me dijeron que no pasaba nada, Ned, pero vaya si pasaba. Se iban a separar, y papá sabía que se iba a marchar, pero ni se molestó en decírmelo hasta el último momento. Me mintieron. Yo vivía en un mundo pequeño y organizado donde todas las personas que me importaban estaban en el mismo lugar. –Suspiré–. Ahora todo es complicado y caótico.

–No hace falta que se divorcien tus padres para experimentarlo –repuso Ned–. Eso se llama vivir. Se llama madurar.

Por un instante creí que me iba a echar a llorar. Fue una sensación repentina. Vi algo, una especie de cambio de expresión en el rostro de Ned. Me puso una mano en el hombro y después la retiró, pero la sensación que noté en el lugar donde había apoyado la mano perduró un largo rato. Cálida y algo confusa.

–Vaya, Minty, perdona, no quería que te pusieras triste.

Le dije que ya estaba mal de todos modos.

–¿Por qué no viene nadie a decirme cómo está? –me lamenté.

Ned dijo que iba a buscar a alguien, que me quedara allí y que no me pusiera nerviosa; le dije que lo intentaría.

Cuando volvió, me dijo que los médicos todavía la estaban evaluando, que había que hacerle radiografías y que esas cosas llevaban tiempo.

–Me estoy volviendo loca aquí metida, Ned. Háblame de algo. De lo que sea.

Había empezado a sentir escalofríos, lo cual era extraño, pues hacía calor junto a aquellas máquinas expendedoras que emitían un zumbido continuo.

Ned se quitó la cazadora y me la echó por los hombros con delicadeza. Y fue reconfortante sentir el olor de la hoguera y la hierba de Nettlebog.

–De acuerdo –dijo–. ¿Te he hablado alguna vez de mi madre?

–No.

–Era de un país muy lejano y al día siguiente de su llegada a Irlanda se enamoró de mi viejo, que, cuando vivía, era el hombre más seductor del mundo. Ella no estaba interesada en conocer a ningún hombre, pero eso fue solo hasta que lo vio por primera vez. Mi abuela siempre decía que era capaz de seducir a las piedras. Y eso fue lo que hizo con mi madre, que no era muy propensa a sonreír, pues la habían educado para no exteriorizar sus sentimientos en público. Pero mi viejo la hizo sonreír y todo el mundo se dio cuenta de que la había hechizado, y así fue capaz de demostrar que no era la princesa de hielo que todos creían que era.

»Se conocieron en la carrera de Ballyross en los tiempos en que era un evento destacado, la competición que aglutinaba a todo el mundo: ricos y pobres, del campo y de la ciudad, entrenadores, jinetes, propietarios. Mi padre se llamaba Davy, Davy Buckley, el mejor jinete que ha conocido este país. Por aquel entonces no había nadie como él. Y no ha vuelto a haber nadie como él. ¿Te gustaría saber qué pasó después de que mi madre sonriera a mi viejo?

–Sí, claro que sí.

–Él se desmayó. Se disculpó diciendo que la sangre de su cuerpo se le había ido de golpe al corazón. Perdió la visión durante un rato. Todo el mundo pensaba que era un tipo duro, pero siempre fue muy sensible a la belleza, mi viejo. Le afectaba mucho. No era capaz de mirar a alguien como mi madre sin que todos sus sentidos le aturdieran.

»Se casaron. Mi abuela dice que eran como una tormenta; como la tierra y el océano. Él era una roca y ella una ola, y cuando chocaban causaban estrépito y espuma. Provenían de mundos diferentes, pero tenían muchas cosas en común.

–¿Por ejemplo? –quise saber.

–Para empezar, a ambos les encantaban los caballos y creían en el coraje –respondió mientras jugueteaba con la goma que llevaba en la muñeca–. Ah, y cantaban los dos como los ángeles.

–¿Cómo cantaban? ¿Qué tipo de voz tenían?

–No lo sé.

–¿Cómo que no lo sabes?

–No recuerdo haberlos oído.

–¿Por qué?

–No me acuerdo de ninguno de los dos. Lo único que sé de ellos es lo que me contó mi abuela. Mi viejo murió y mi madre se fue.

No me sorprendió. Recordaba cuando Ned me había enseñado su fotografía en la caravana. Recordaba el atisbo de tristeza en su voz al hablarme de él.

–Lo siento. Es un horror. O sea, es terrible.

–Ya.

Ned me dijo que su abuela creía que había heredado el espíritu de desafío y coraje de sus padres, pero él creía que eso era imposible, porque cómo se podía heredar algo de unas personas a las que ni siquiera recordaba.

Esta vez Ned no parecía nada triste ni perdido al hablar de sus padres. Y su manera de hacerlo me hizo sentir como si fuera lo más normal del mundo tener a un padre como una roca y una madre como una ola, uno de ellos muerto, la otra desaparecida. Se pasó la mano por la frente y clavó la vista en el techo.

Lo creí a pies juntillas. Tenía sentido solo con mirarlo. Parecía natural pensar que su madre había sido una princesa y su padre el hombre más seductor de la Tierra.

Un médico con el pelo enmarañado y zapatillas blancas se acercó a nosotros por el pasillo.

–Hola, chicos –dijo–. Tu madre tiene una fractura y necesita una pequeña intervención, pero al menos puedo deciros que será bastante sencilla.

Ned no quiso quedarse. Dijo que mi madre y yo ya estábamos en el lugar apropiado.

–Me voy –anunció–. Suerte. Nos vemos pronto. Intenta no preocuparte.

–¿Adónde vas?

–Oye, Minty, que estoy entrenando, ¿ya te has olvidado?

–Ah, es verdad.

–Cuando salgas de aquí, podías bajar a echarme una mano.

Le contesté que haría todo lo posible y me dijo que perfecto.

Sin embargo, no me gustó nada quedarme sola en el hospital mientras esperaba que mi madre saliera del quirófano. Me dijeron que tenía que llamar a mi padre. Tuve que desenchufar la máquina de refrescos para cargar el móvil. Además, no había wifi, y en situaciones así uno no tiene nada que hacer más que ponerse a pensar.

Pensé en los caballos que habían unido a los padres de Ned. Y pensé en mi madre y en lo afortunada que era por tenerla conmigo; magullada, dolorida y con una fractura, pero aquí, viva y a mi lado; era parte de mi vida. Y me sentí como si hubiera adquirido más sabiduría y la sensación de que alguien me hubiera arropado con una manta. Permanecí sentada mientras esperaba, rodeada del tintineo y los ruidos metálicos propios del hospital.

–Mamá, por favor, ponte bien –dije en voz alta, aunque sin dirigirme a nadie en concreto–. Por favor, mamá, ponte buena.

Iban a colocarle unos tornillos en el muslo para enderezarle la pierna, que tenía una fractura importante, pero se iba a poner bien.

Te puedes romper un hueso y ese hueso se suelda. Pero mi madre tenía muchas otras cosas mal. Hacía tiempo que lo sabía.

Estaba esperando a que se despertara después de la operación. Papá ya debía de estar de camino. Y yo estaba un poco aburrida, así que me puse a mirar fotos en el teléfono hasta que despertó.

—Cariño, lo siento —fue lo primero que dijo.

—No te preocupes, mamá. Me alegro mucho de que estés bien.

Le conté lo que había hecho Ned, por si acaso no se acordaba, y dijo que tenía que darle las gracias de corazón, y se estremeció al pensar, igual que yo, qué habría pasado si él no hubiera estado allí, con el servicio de ambulancias casi colapsado aquellos días y con papá tan atareado.

Y fue entonces, al salir el tema de papá, cuando se fijó en mi teléfono y en la foto que estaba mirando cuando despertó. Era de la boda de papá y Lindy.

—Oye —dijo—, oye, Minty, esas no me las habías enseñado. Déjame verlas.

No fui capaz de decir que no a una madre herida que acaba de despertar de la anestesia. Habría estado muy feo. Así que atisbé por encima de su hombro mientras pasaba y observaba, y volvía a pasar y observar los cientos de fotografías que tenía en el teléfono de papá besando a Lindy, de papá y Lindy comiendo tarta, de papá y Lindy bailando, de todos y cada uno de los amigos de papá y mamá aplaudiendo en círculo con papá y Lindy en el medio, y de Lindy y yo juntas en aquel *selfie* tan raro, y tres de los amigos de papá y mamá detrás de una Lindy sonriente, y de papá alzando una copa y de Lindy tirando el ramo hacia atrás y de aquellas chicas con plumas rosas en la cabeza saltando al mismo tiempo para atraparlo.

No recordaba haber hecho tantas fotos. Parecían no tener fin. Adormilada, mamá fue pasando y pasando una tras otra.

—¿Por qué quieren atrapar el ramo, mamá?

Solo lo pregunté porque se había quedado callada y estaba muy seria. Yo quería que siguiéramos hablando de cualquier cosa, sin importar cuál.

—Es una tradición —explicó—. La persona que lo coja será la próxima en casarse.

—¿Y por qué tienen tantas ganas?

—No lo sé, la verdad es que no lo sé, cariño.

Estaba inclinada en la cama, mirando el teléfono y balanceándose ligeramente, y fue entonces cuando por un momento pensé que habría alguna filtración en el techo del hospital, porque una gran gota aterrizó en la pantalla de mi móvil.

Pero no era una filtración. La gota provenía de los ojos de mi madre.

A continuación, pareció desmoronarse bajo las sábanas, como si fuese de hielo y se estuviera derritiendo, o como si estuviese llena de aire y alguien la hubiera pinchado con un alfiler.

—Oh, mamá...

—Estoy bien —dijo por enésima vez.

—Deja de decirlo. Deja de decir que estás bien. No estás bien. Yo tampoco estoy bien. No estamos bien. Así que para ya de decirlo. Para. Para.

Y paró. Y luego me dio la razón. Dijo que no estaba bien, que no se sentía feliz y que estaba triste y perdida y enfadada y asustada.

Al fin la verdad salía a la luz. Y fue como si hablara con sinceridad por primera vez en mucho tiempo. Estuve a punto de abrazarla, pero me limité a darle la mano un minuto y me pareció que había vuelto a mi lado después de todo aquel tiempo. Eso es lo que a veces logra la verdad.

Mi padre vino por fin al hospital, pero se quedó en el pasillo y llamó a la puerta de la habitación con tanta suavidad que tardé un poco en darme cuenta de que estaba allí.

—Mamá, es papá —anuncié.

—No, por favor, no —dijo.

Llamadme clarividente si queréis, pero entendí que no quería que entrara, así que salí al pasillo para hablar con él.

—Papá, es muy tarde y está cansada, así que ¿por qué no vienes mañana?

—¿Está bien?

—Su pierna se va a curar.

Antes de irnos, hablamos los dos con las enfermeras. Nos dijeron que a veces la anestesia puede afectar a nuestras emociones de forma extraña.

Mi padre esperó mientras yo volvía a entrar a verla, pero ya estaba dormida. Y la besé, justo en la frente, como si yo fuera la madre y ella la hija.

No es tan fácil quedarse dormida cuando tu madre está en una cama de hospital recién operada con rastros de lágrimas en su cara y tú estás en un sofá nuevecito propiedad de tu padre y de su flamante esposa.

No podía evitar pensar en ella llorando en la cama del hospital como si estuviera perdida en la oscuridad y nadie pudiera encontrarla.

Al día siguiente, papá y yo hablamos con el médico paliducho y pelirrojo de las zapatillas desgastadas.

—Su mujer va a tener que pasar cuatro semanas con la pierna en tracción.

—Exmujer —puntualicé solícita.

—Sí —dijo el médico—. Y después necesitará mantener la pierna inmóvil hasta que el poder natural de curación del cuerpo logre realizar la magia —añadió dirigiéndose a mi padre.

No iba a poder salir del hospital. No iba a poder levantarse de la cama.

Iba a necesitar mucha ayuda y apoyo, dijo. Tenía un largo camino por delante hasta su recuperación, y a veces las prioridades cobran todo el protagonismo y lo demás debe quedar relegado a un segundo plano.

Por alguna extraña razón, todos me miraron como si fuera una bomba a punto de estallar. Me preguntaron cómo estaba e intentaron que les contara cómo me sentí cuando la encontré.

Probablemente deberían haberme hecho otras preguntas; por ejemplo, qué se siente al formar parte de una familia monoparental, o qué sentí cuando se fue mi padre, o qué me parecía que se hubiera casado con otra persona.

Al día siguiente, papá y Lindy me llevaron al hospital. Él me acompañó a la habitación. Dijo que esta vez quería pasar a ver a mamá antes de irse.

—No puedo quedarme mucho —fue lo primero que le dijo—. Lindy está esperándome en el coche —fue lo segundo.

»¿Estás bien? —preguntó luego.

—¿Tengo aspecto de estar bien? —repuso mamá sin mirarlo.

Papá suspiró.

—Escucha, creo que vas a tener que buscar ayuda.

Y ella quiso saber por qué se había tomado la molestia de ir a verla si lo único que era capaz de hacer era darle consejos innecesarios y si ya se quería ir nada más llegar. Había una mesita con ruedas y una revista encima. Me puse a hojearla sin leerla y sin siquiera mirar las fotos.

—No debí haber venido —me dijo papá en cuanto salimos juntos al pasillo.

—¿Qué quieres que te diga, papá? Dime qué quieres oír. ¿Qué te parece «Oh, no, en serio, qué amable has sido al

140

pasarte por aquí»? ¿Te haría sentir mejor? ¿No es esa la razón de que vinieras? ¿Dejar de sentirte culpable?

—Minty, ¿qué quieres que haga?

—Es la pregunta más absurda que he oído en mi vida —respondí–, considerando que no importa lo que yo quiera que hagas, porque tú haces lo que quieres.

Normalmente, decir cosas así es una buena manera de comenzar una discusión, pero en este caso no fue eso lo que ocurrió.

Nos detuvimos frente a las puertas de cristal, que no hacían más que abrirse y cerrarse solas, y dijo:

—Minty, sé que estás enfadada.

—Ah, ¿sí? ¿En serio? ¡Enhorabuena! Deja que te ponga una medalla.

Volvió a repetir que tenía que irse, pero siguió sin irse y se habría producido un silencio absoluto si no hubiera sido por el ruido sordo y suave de las puertas automáticas.

—Mamá y tú tenéis que centraros en los momentos felices, Minty. Hay momentos de felicidad en la vida de todo el mundo, incluso cuando parece que las cosas no van bien.

Quise decirle: «Papá, si te pones a dar consejos, mejor que sean útiles, como "carga el teléfono antes de salir de casa" o "no comas nieve amarilla"». Quise decirle: «Escucha, papá, para tu información te diré que centrarnos en los momentos felices no es algo que ahora mismo nos resulte lo más fácil del mundo».

—Vale, papá, gracias, lo que tú digas —fue lo único que le dije al final.

22

Así que mi madre se iba a poner bien, pero tenía una larga recuperación por delante.

Había «tenido suerte», decían, de que la fractura la hubiera obligado a descansar y ello significara tener que quedarse ingresada en el hospital, donde no tendría que preocuparse de nada hasta que se recuperase.

La tracción consistía en tener la pierna colgada de una banda elástica gigante en una estructura acoplada a la cama y decirle que no solo no debía preocuparse de nada ni hacer nada durante unas semanas, sino que además ni siquiera debía moverse. A algunos les resultaría fácil obedecer aquella orden. A mi madre, que normalmente no era capaz de estarse quieta ni un instante, me imaginé que iba a costarle bastante más trabajo.

–¿Y Minty? –no hacía más que preguntar, y la gente no hacía más que tranquilizarla y decirle que yo iba a estar bien, como si lo supieran.

—Estaré bien —empecé a decir yo también, porque en ocasiones si repites una cosa una y otra vez al final termina pareciendo una realidad irrefutable.

Papá estuvo hablando con los médicos. Pero ahora el estado de mi madre ya no era asunto suyo. No me pareció nada bien que se comportase como si siguiera preocupándole su bienestar.

Las enfermeras parecían encantadas de que mi madre tuviera un exmarido tan servicial, disponible y siempre dispuesto a echar una mano. Papá dijo que no había ningún problema en que me instalara con él y con Lindy el tiempo que fuese necesario hasta que mamá se pusiera bien.

Aproveché la oportunidad para hacerle ver que me vendría bien tener un poco de independencia, habida cuenta de que, para que se enterase todo el mundo en caso de que no se hubieran dado cuenta aún, ya no era un bebé y no era necesario estar bajo supervisión permanente las veinticuatro horas del día, muchas gracias.

Pero la decisión ya estaba tomada. Tenía que ir a casa y meter en una maleta todo lo que fuera a necesitar. Papá iba a ordenar la habitación libre que tenía en la casa que compartía con Lindy para que yo no tuviera que dormir en el sofá. En lo concerniente a él, casi le vino bien, porque Lindy llevaba tiempo insistiéndole para que hiciera algo con aquella habitación.

Vivir con papá y Lindy era como una pesadilla. Debería haberlo imaginado, no sería porque no me hubieran dado pistas. Para empezar, Lindy no era ni de lejos tan amable conmigo en casa como fuera de ella. Cuando era yo la que fregaba, ella recogía los platos y los cubiertos del escurridor y volvía a lavarlos. Me seguía por toda la casa con un posavasos y en la nevera había comida que podíamos comer todos, pero había otra comida en la misma nevera a la que los demás no podíamos ni acercarnos; pero nunca me aclaró cuál era cuál, siempre estaba metiendo la pata en lo relativo a ese tema.

Día sí y día no decía que papá y ella necesitaban «un poco de tranquilidad», como si creyera que me chupaba el dedo y, luego, a continuación subían los dos al dormitorio, cerraban la puerta y los oía echar el pestillo.

Era tan descarado que resultaba absolutamente repulsivo.

Además, se besuqueaban sin reparos en la cocina mientras yo estaba sentada a la mesa tomando una taza de té o cualquier otra cosa.

–Papá –dije después de soportar aquello durante cuatro días–, en serio, puedo vivir yo sola en casa. Perfectamente. Y tú puedes pasarte por allí de vez en cuando para comprobar que estoy bien, ¿de acuerdo?

Pero no quiso ni oír hablar del asunto, y Lindy fingió que tampoco, aunque estoy segura de que le habría encantado.

–¿No quieres quedarte aquí? ¿Es que este no puede ser tu hogar durante una temporada? –me preguntó él levantando las cejas muy extrañado, con una mirada ofendida.

–Aquí estoy genial –mentí–. Es que no quiero dar la lata a nadie.

–No seas tonta, Minty, no das ninguna lata –terció Lindy, al tiempo que levantaba mi taza de té y pasaba una bayeta por debajo.

Tener a tu madre en el hospital y a tu padre recién casado también tenía su parte positiva. Lo mejor era que nadie me prestaba demasiada atención. Cuando papá no me veía, pensaba que estaba con mamá, y cuando mamá no me veía, pensaba que estaba con papá. A veces aquella situación podía resultar incluso agradable.

En el hospital hacía demasiado calor. La casa de papá y Lindy estaba impoluta y nunca sabía dónde sentarme. En el instituto estaba bien, pero por alguna razón mis amigos se comportaban de manera un poco extraña, aunque no me molesté en averiguar de qué iba la cosa.

Pero Ned... Con Ned sabía que podía contar. El mejor lugar con diferencia era Nettlebog, donde todo estaba como siempre. Y como los caballos necesitaban ejercicio y cuidados, Ned me pidió ayuda.

Había aprendido todo lo referente al cuidado de aquellos animales, cómo alimentarlos y cepillarlos, sacarlos del cobertizo y darles agua; yo me encargaba de *Phoebe*. Lógico.

En cuanto llegaba, su manera de mover la cabeza, de agitar la cola y de emitir ruiditos de bienvenida dejaban claro que se alegraba mucho de verme.

Ned me dijo que *Phoebe* estaba preparada para correr en Ballyross. Me dijo que la había inscrito, y luego confesó que me había apuntado a mí también.

–¿A mí? –susurré–. ¿A mí, en la carrera de Ballyross? ¿Crees que seré capaz de completarla?

–Sí –respondió–. Y no es solo que vayas a ser capaz. Es que puedes optar a premio.

No lo creí. Lo había visto volar y cabriolear a lomos de *Puñal*. Sabía lo que era capaz de hacer y jamás imaginé que yo alguna vez llegara a lograr nada semejante.

–Creo que no voy a poder –confesé mientras sentía una oleada de temor que surgía desde lo más hondo de mi ser.

–De momento, no. Pero podrás en cuanto superes la prueba, así que venga, vamos allá.

–¿La prueba? ¿De qué estás hablando?

–Ven conmigo y lo averiguarás. Pero date prisa, vamos con el tiempo justo.

Y me alegré a pesar de no tener ni idea de adónde me llevaba ni de cuál era su plan.

Ned me ayudó a montar a *Phoebe* y él saltó sobre *Puñal* con aquella facilidad que me daba tanta envidia. Apretó los talones con suavidad sobre los costados de *Puñal,* yo hice lo mismo con *Phoebe,* y nuestros maravillosos caballos comenzaron a trotar juntos. Estaban tan llenos de alegría y de una especie de ilusión que me hizo pensar que yo era la única que no sabía lo que nos esperaba.

–¿Adónde vamos? ¿Cuál es el reto?

–¡Ja! No sería una prueba como es debido si te dijera la respuesta. Es importante, muy importante, que no sepas de qué va.

—Al menos dame una pista.

—La mejor manera de convertirte en una digna partici-
pante de la carrera de Ballyross —exclamó— es aprender a
avanzar en una dirección determinada cuando todos los
demás quieren que tomes otra distinta.

Si hubiera sabido a qué se refería, quizá no lo habría
seguido.

$\vee$

Ned me enseñó un montón de cosas, y una de ellas es que
eres tú quien decide con qué ojos mirar al mundo. Eres tú
quien decide cuál es tu versión. Depende de ti.

Probablemente, todo el mundo sentía lástima de mí.
Incluso puede que yo también llegara a sentir algo de lástima de mí misma. Los médicos y enfermeros del hospital
ponían caras tristes y solemnes cuando me veían y no
paraban de preguntarme cómo estaba, y sé que lo hacían
porque mi padre nos había abandonado y luego mi madre
se había caído por las escaleras.

No tienes por qué aceptar la versión que los demás tienen de ti. Es mucho más emocionante crear tu propia
versión. Eres tú quien decide cómo es esa versión.

$\vee$

Terminamos en Callow Green, una zona verde que está justo
en el corazón de Ballyross. Hay normas muy estrictas sobre
la dirección única. La gente se pone furiosa si intentas cruzar

por donde no debes a causa del tráfico y del tranvía, que para allí cada cinco minutos.

–¡Mantén la calma! –me advirtió Ned.

Tuve que dar cinco vueltas al galope alrededor de la zona verde. Cinco vueltas no habrían sido un reto importante. *Phoebe* era rápida, así que eso tampoco era un problema, y yo ya montaba bastante bien. El problema fue que Ned me obligó a galopar en dirección contraria.

–¡Venga! –exclamó.

–Nos vamos a meter en un buen lío.

–¡Qué va!

–Es peligroso –protesté.

–No, no lo es. Es señal de valentía y es una prueba, te ayudará a mejorar, ¿no es eso lo que quieres?

Un coche de policía no es rival para un caballo en el centro de la ciudad. Cuando se quisieron dar cuenta de lo que pasaba, ya nos habíamos marchado. Apenas llegamos a oír las sirenas.

Estábamos de vuelta en Nettlebog tomando un té y Ned se estaba partiendo de risa, y su abuela exclamó:

–¡Vaya, veo un par de caras que parece que han vivido toda una aventura! ¿Qué habéis estado haciendo?

–Nada especial –respondió Ned–. Solo he enseñado a Minty y a *Phoebe* a pillarle el tranquillo al galope.

–En ese caso debéis de estar hambrientos –dijo su abuela–. Seguro que os vendrán bien unos bocadillos de queso y tomate.

Dijimos que nos parecía genial.

La pequeña estufa funcionaba a todo gas en la caravana de los Buckley. Nos bebimos el té y comimos los bocadillos, y la abuela de Ned nos contó anécdotas de carreras de caballos celebradas mucho tiempo atrás que siempre ganaba el padre de Ned.

–¿Y ahora, qué? –pregunté.

–Ahora –contestó Ned– ya estás preparada.

23

Al final, todos nuestros compañeros de clase asistieron a la carrera de Ballyross, incluso Brendan, y también vino Serena con su cochecito rojo bamboleándose por la carretera.

Dicen que ahora solo participan gamberros y gañanes en la carrera de Ballyross, y vale, decía Ned, quizá los jinetes fueran un poco brutos, y quizá hubiera unos cuantos vándalos por allí, la mayoría de los cuales vivían en otras zonas de la ciudad, pero aun así merecían un respeto por mantener viva una valerosa y noble tradición.

En otro tiempo, la zona de competición al otro lado del río fue famosa en el mundo entero. Era un espectáculo glorioso. Ahora está descuidada y venida a menos. Pero una carrera es una carrera, y cuando te comprometes, te comprometes. Ballyross era mi primera competición, y no importa en cuántas carreras más participes, la primera nunca la olvidas.

Después, cuando todos los que habían estado allí contaban historias sobre la carrera, fue como si estuvieran contando un relato imaginario, algo más parecido a una fábula o a un mito. Utilizaban un tono de voz mucho más bajo y profundo de lo normal, y mantenían la mirada perdida y extasiada que a veces ponemos los humanos cuando recordamos un momento de absoluto placer, o cuando pensamos en un lugar secreto y maravilloso del que nunca hemos hablado a nadie.

Solo duró un minuto y medio. Las historias que se contaron después a veces duraban una tarde entera. Para nosotros, sin embargo, igual que para los demás jinetes y para los soberbios caballos que montamos, parecía como si el tiempo se hubiera detenido en ese corto y frenético espacio de tiempo.

Cuando se hablaba de la carrera de Ballyross, Ned Buckley era el denominador común de todas las historias.

Antes de que empezara, se habían dado cita varios chicos que parecían mayores a los que no había visto nunca, y todo el mundo se saludó con un apretón de manos antes de retirarse a preparar los caballos. Recuerdo que de pronto me sentí bajita, enclenque y esmirriada. Hasta Ned parecía menudo al lado de aquellos jinetes que, según me dijo, empezaron a salir de debajo de las piedras para medirse con él en cuanto se corrió la voz. Ned se mantenía concentrado, con el rostro inexpresivo. Si en su interior albergaba algún rastro de preocupación, desde luego no lo exteriorizó.

–No los mires a los ojos –me advirtió entre dientes, sin apenas mover los labios–. Cuando llegue el momento, salta sobre *Phoebe* como siempre y no mires a tu alrededor, mantén los ojos sobre el terreno. Mantén la vista al frente. Ya has superado la prueba. Has galopado con las sirenas aullando a tu espalda, recuérdalo. Al lado de aquello, esto es pan comido.

»Y escucha, Minty, si quieres tener una mínima posibilidad de ganar, esto es lo que has de hacer: destierra cualquier ansia de tu corazón. Concéntrate únicamente en la carrera. Las personas se juegan malas pasadas a sí mismas cada día, cada minuto, pero sobre todo en situaciones como esta. Ansiando cosas, deseando cosas, esperando cosas. No pienses en la línea de meta. Sé fiel al momento. Lo demás se arreglará solo.

Yo tenía razón. Ned sabía cosas que no sabía nadie más. Me sentía bien cuando me hablaba de ellas.

Había mofas entre la multitud, y caballos nerviosos que agitaban la cola, resoplaban y pisoteaban la hierba.

–¡Vaya, vaya, pero si es Ned Buckley! ¡Qué alegría, señorito! ¿Qué tal te va con los libros? ¿Ya sabes sumar? ¿Te han enseñado a contar? ¿Has aprendido a leer?

Reconocí a aquel chico pelirrojo de cara redonda. Era Martin Cassidy. Así que al final su familia no se había ido. O, si se había ido, había vuelto para la carrera. Por la manera de calentar, parecía que su coxis se había recuperado por completo.

–Así que te has apuntado. No has debido de aprender gran cosa desde la última vez que te vi si crees que tienes alguna oportunidad –añadió Martin con una risita burlona.

Ned escupió en el suelo e hizo como si Martin no existiera.

Intenté concentrarme en *Phoebe* y en mí misma, pero cada comentario, cada rugido, cada grito de ánimo del público me hacía sentir a punto de perder el equilibrio.

–¿Te acuerdas de lo que te advertí, Minty? –susurró Ned–. Van a intentar sacarte de quicio. Pero no podrán conseguirlo si no se lo permites. Así que mantén la vista al frente –insistió–. Es un juego. Tú decides cómo hay que jugar, no ellos.

Pero los demás jinetes no botaban mientras sus caballos caracoleaban nerviosos en la línea de salida, no como notaba que estaba haciendo yo.

Ned saltó sobre *Puñal* y yo me quedé inmóvil un instante, con ese pánico que a veces te entra cuando te das cuenta de que no puedes estar más fuera de lugar.

–¿Qué? ¿Qué pasa, Minty?

–Este no es mi sitio –respondí–. Creo que no voy a ser capaz. No voy a poder ganar ni de lejos.

–Minty –dijo–, ¿quieres que ganen todos esos antes de que empiece la carrera?

Tomé aire varias veces antes de contestar.

–No.

–Bien, entonces, ¿sigues en la lucha?

–Sigo, Ned. Sigo en la lucha.

–Perfecto. Claro que sigues.

Brendan no solo había venido a ver la carrera, sino que además, por lo visto, tenía una excelente madera de corredor de apuestas. Se había pasado la mañana presentándose a todo el mundo con una libretita vieja en la mano y un lápiz gastado detrás de la oreja. Las apuestas por Ned se pagaban cincuenta a uno. Por mí, seiscientos a uno.

–No hagas caso de las probabilidades, no significan nada; solo son una cifra surgida de la cabeza de un visionario. Solo tienen sentido si tú se lo permites. La carrera será para quien la merezca, y la persona que la merezca será la que mantenga la sangre fría.

Comenzó la cuenta atrás. No había más tiempo para charlas. Un muchacho menudo hizo una seña con el brazo y Ned fijó la vista al frente. Emprendió el galope con seguridad y valentía, aferrado a la crin brillante y sedosa de *Puñal*. Sin silla. Sin estribos. Sin miedo.

Yo me lancé tras él.

Hay muchos jinetes que no recuerdan nada de las carreras en las que compiten y eso fue lo que me pasó a mí al principio de la carrera de Ballyross. Pero seguramente recordaré la recta final durante el resto de mi vida. Cada pisada y cada golpe sordo de los cascos. Cada rugido y cada choque.

Al observar la silueta de Ned inclinado sobre el cuello de su montura, me di cuenta de que él no oía nada. De los espectadores surgía un sonido extraño que no era como una voz normal, aunque salieran de sus gargantas.

Me mantuve tras él durante toda la carrera. No vi a ningún otro jinete. No sabía cuánta ventaja les estábamos sacando.

Ned ganó la carrera de Ballyross. Yo llegué en segundo lugar y, cuando cruzamos la línea de meta, se nos abalanzó una muchedumbre que quería estrechar nuestras manos y acariciar a nuestros caballos.

Brendan estaba pálido de asombro y frustración, como si él también hubiera competido. Por lo visto, perdió hasta la camisa.

Parece ser que, después de todo, hubo mucha gente que apostó por Ned. Y parece ser que Brendan era uno de los pocos que creían que no tenía ninguna posibilidad.

De inmediato, Martin empezó a gritarnos y creí que eran imaginaciones mías, pero desde donde me encontraba, me dio la impresión de que tenía lágrimas en los ojos.

–¿Ned Buckley y esa chavala pequeñaja? –vociferaba incrédulo una y otra vez–. ¿Con esos caballos tiñosos?

Ned desmontó y se acercó despacio.

–Mala suerte, Marty –dijo, y le tendió la mano.

Esta vez fue Martin quien escupió al suelo. Se quedó inmóvil unos instantes mientras fulminaba a Ned con la mirada. Después lo rodearon unos cuantos de su pandilla, que se nos quedaron mirando hasta que se fundieron con el gentío.

Orla subió el vídeo a YouTube menos de dos horas después. Cuando lo vimos, ya había tenido mil trece reproducciones.

–Vamos a ser famosos –dije.

–Ya lo sois –repuso Dougie, mirándonos para después volver la vista a la pantalla.

El reportero de un canal de televisión había asistido a la carrera. Habían hecho un pequeño reportaje para las noticias.

Los caballos, diez en total –los animales más audaces y nerviosos que probablemente puedan ver en su vida– caracoleaban y pateaban impacientes en la línea de salida. Se veían nubes de aliento saliendo de sus orificios nasales como si fuera invierno. Un chico menudo e inquieto que vestía una camiseta llevaba un paño blanco en la mano, mientras que otros dos muchachos más fuertes, pavoneándose con la satisfacción y la confianza que confiere la autoridad, vigilaban la tensa línea de competidores mirando con severidad, señalaban y gritaban a los jinetes que se mantuvieran detrás de la línea y se hacían señas el uno al otro para empezar la cuenta atrás.

El público se aglomeraba por todas partes: en el foso que rodea al circuito embarrado; en los árboles encorvados que marcan la ruta. Había gente asomada a ventanas rotas en los bloques de pisos cercanos y también colgada de las farolas y canalones, esperando que se alzara la bandera blanca y diera comienzo la carrera.

Se hizo el silencio. Y fue un instante sagrado en el que solo se oyó el eco del aullido lejano de una sirena. El pisoteo impaciente de los caballos sonaba como un redoble de tambor.

El chico de la camiseta levantó el brazo y agitó la tela lo más alto que pudo.

Con ímpetu y un atronador sonido de cascos, los participantes salieron, y el silencio que había dominado durante los minutos previos se evaporó en forma de rugido ensordecedor.

El vídeo mostró la cara de Ned durante unos instantes, mientras él y su caballo ganaban velocidad, y pude apreciar que estaba haciendo todo lo que me había dicho que hiciera: no ansiaba, no deseaba, no esperaba nada, estaba concentrado únicamente en su caballo, en lo que mejor sabía hacer. He visto ese vídeo unas cuantas veces, y justo en la primera línea del público se ve a Serena Serralunga vestida con un traje precioso, animando, aplaudiendo y dando saltos.

La cámara vibraba al ritmo de los caballos y fue Ned el que siempre se mantuvo en cabeza, y fueron Ned y su caballo los que volaron por delante de los demás, que lo seguíamos a duras penas y nunca tuvimos la menor posibilidad. La cámara siguió a Ned y a *Puñal* hasta la meta, como si no le interesara nadie más, hasta que Ned la sobrepasó y se vio inmediatamente rodeado por un público exaltado.

Los momentos de jadeos y agotamiento posteriores fueron como instantes celestiales. Yo no quería hablar con nadie ni sonreír a nadie ni mirar a nadie. Solo a Ned.

–Esos caballos. Son una bendición. Son mágicos, te lo aseguro.

–No hace falta que me lo digas –dijo Ned–. Eso ya lo sé. Y serían igual de maravillosos aunque no hubieran ganado.

Experimenté una nueva sensación por primera vez en mi vida. La abuela de Ned nos explicó más tarde que lo que había sentido se llama «la gracia del que sabía que no iba a ganar», que es el estado en el que entras cuando llegas en segundo lugar en una carrera que todo el mundo pensaba que ni siquiera serías capaz de terminar.

–Pero luego sentiste algo distinto, ¿verdad?

–Sí –reconocí–, desde luego.

–Nuestros caballos son auténticos fenómenos.

–Sí, y tú y tu fenómeno ganasteis.

–Sí, pero durante un trecho tuve que sudar la victoria. Creí que ibas a adelantarme.

–No tuve oportunidad.

Fuimos recibidos como héroes en el instituto, entre otros por Serena.

Todos se arremolinaron a nuestro alrededor. Dougie le revolvió el pelo a Ned y, con la ayuda de Mark Baker, lo levantó en el aire; Ned se quedó demasiado asombrado como para resistirse. Y después Orla y Laura me levantaron a mí. Nos colocaron sobre los hombros de nuestros compañeros y nos dieron una vuelta entre bamboleos. Vi polvo, moscas muertas y un avión de papel perdido sobre los dinteles de las ventanas más altas; tan arriba que pude ver el aparcamiento y el patio.

Ned tenía razón. Sería una historia que podría contar. Una vez que tienes una historia, pase lo que pase después, nadie puede arrebatártela.

Entre los vítores y aplausos volví la mirada hacia Ned, que me la devolvió y me dedicó una de sus sonrisas. Todos siguieron aclamándonos un buen rato y permanecimos así, en lo alto, y yo no hice más que mirarlo, a él y a su cara. Su preciosa cara.

Debería haber supuesto que aquello no iba a durar mucho. El señor Carmody nos llamó a su despacho. Más o menos echó la culpa de todo a Ned. Dijo que había estado observando la dinámica que se estaba desarrollando, primero con preocupación y después con creciente alarma. Estaba enterado de todo el incidente, así que no tenía sentido que intentáramos negarlo, en caso de que tuviéramos esa intención.

Nos dijo que estaba muy molesto por los últimos acontecimientos. Había padres que se habían puesto en contacto con él y opinaban que Ned Buckley era una influencia nefasta. «Tóxica», fue la palabra que empleó.

–Hay un alumno, un alumno cuyo nombre no voy a desvelar, que se vio incitado a una actividad extremadamente desagradable como resultado directo de esa carrera en la que ambos participasteis. Su padre logró que se lo confesara todo. El juego. Minty, ¿te lo puedes imaginar? Perdió una considerable cantidad de dinero. Dinero que se suponía que estaba ahorrando para sus vacaciones de verano.

No me parecía mal que el señor Carmody estuviera tan enfadado. O sea, lo pillaba; lo entendía. Pero era injusto que nos echara la culpa a Ned y a mí por el desastre de las apuestas de Brendan, en el que no teníamos nada que ver.

—Si se refiere a la persona a la que creo que se refiere, debería saber que perdería hasta la camisa en una carrera de dos moscas trepando por una pared –dijo Ned.

Intentamos contener la risa, pero no fuimos capaces.

Cuando una mala influencia empieza a exhalar sus vapores tóxicos de un alumno a otro, comienzan a pasar cosas malas, y el señor Carmody quería que Ned supiera que no lo iba a tolerar.

—Esta vez, Minty, voy a tener que hablar con tus padres. –Suspiró y me miró con atención, suponiendo, me imagino, que me iba a venir abajo.

—Mi madre está ingresada recuperándose de una operación y mi padre está en casa, pero, si quiere que le diga la verdad, mentalmente todavía sigue de luna de miel, así que es probable que hablar con él resulte un poco inapropiado –dije.

Fuese apropiado o inapropiado, el señor Carmody indicó que una cosa era evidente: que esa «situación con los caballos» era «insostenible».

Se puso a afilar un lápiz con una máquina que tenía encima de la mesa. Hizo un ruido sorprendentemente parecido al de un taladro que ahogó algunas de sus palabras. Sacó el lápiz de la máquina, observó su punta afilada, lo acercó a su cara y sopló. Una nubecilla de polvo amarillento salpicó la superficie de la mesa.

—Minty, por lo general has sido siempre una alumna responsable, pero parece que últimamente te ha pasado algo y tienes que saber que no puede haber nadie por encima de las reglas. Cuando hable con tus padres, tendré que comentar con ellos una serie de opciones y decisiones a tomar. Los llamaré esta misma mañana.

Si el señor Carmody llamaba a mi padre, no iba a contestar. Nunca contestaba. La cobertura en el hospital era malísima, y si intentaba que le pasaran con la habitación de mi madre, los enfermeros lo tendrían esperando más o menos media hora, por lo que era muy probable que terminara desistiendo.

–La verdad es que, pensándolo bien, tiene usted toda la razón, señor Carmody –dije con la cara de arrepentimiento más convincente que fui capaz de poner–. La verdad es que creo que debe llamarlos.

24

A la mañana siguiente se oía un rumor desacostumbrado en el pasillo; ese tipo de ruido que te advierte de que está pasando algo raro incluso antes de que sepas de qué se trata.

Serena se había ido.

—¿Qué le ha ocurrido a Serena? —preguntó Laura.

Se notaba que intentaba hablar con despreocupación, pero tanto ella como todos los demás estaban desconcertados, a la espera de una respuesta.

El señor Carmody no pensaba dar explicaciones. Se había marchado y no pensaba volver. Eso era todo.

Sin comunicarlo. Sin avisar.

—¡Pero si ni siquiera hemos tenido ocasión de despedirnos! —se lamentó Dougie, que casi nunca tenía una expresión tan triste como en aquel momento.

—¿Adónde se habrá ido? —preguntó Orla.

–Adonde acaban yéndose todos los forasteros antes o después: al sitio de donde vino –concluyó Brendan.

Fue un día de sucesos inesperados. Aquella tarde, mamá me llamó a casa de papá. La línea sonaba inquietantemente nítida. Dijo que estaba mucho mejor. Ya era hora de volver a levantarse y seguir adelante.

–Vuelvo a encontrarme con fuerzas –añadió– y los médicos me han dicho que ya no hay nada que me impida volver a casa en cuanto esté preparada.

Esta vez me dio la impresión de que quizá sí lo estaba. O, si no, pronto lo estaría.

–Ah, sí, y, por cierto, otra cosa: ¿para qué exactamente quiere verme el señor Carmody? –preguntó.

–No tengo ni idea –mentí.

Lo habrían averiguado de todos modos.

Ned me llamó para decirme que pusiera Sky:

–¡Somos noticia internacional, Minty!

Salí disparada al sofá de papá y de Lindy y me apoderé del mando a distancia.

«En otro tiempo, un evento respetable y de prestigio, ahora desconocido para la mayoría de la población, la carrera sigue siendo todo un acontecimiento en la comarca –decía el reportero–, un indicativo de estatus entre un determinado tipo de jóvenes en la pequeña ciudad de

Ballyross. Muchachos deseosos de ser capaces de controlar animales fuertes y potencialmente peligrosos... El ritual de este tipo de carreras encierra un profundo simbolismo... Hay que verlo en su contexto... Estos chicos buscan una oportunidad de ganar prestigio. Buscan la oportunidad de asumir control en un mundo que a veces parece caótico e inestable, en un lugar donde sienten que no están al cargo de nada. Para ellos, esta carrera supone un antídoto... Cuando compiten, se sienten reyes».

Y justo en aquel momento oí el chasquido de la llave al abrir la puerta. Era mi padre. Había alguien detrás de él, pero no era Lindy. Era mi madre. Cojeando tras él, con cara seria. Apagué el televisor.

–Mamá, ¿qué haces aquí?

A continuación mi padre se situó a su lado y por un momento se me pasó por la cabeza la idea descabellada de que iban a decirme que volvían a estar juntos, pero por supuesto no se trataba de nada parecido.

–Sentaos –dije con una sonrisa forzada–. Me estáis poniendo nerviosa.

Se sentaron uno junto al otro en el otro extremo del sofá, casi tocándose, pero no del todo, y mirándome como si fueran portadores de malas noticias.

Y luego, se pusieron como fieras los dos a la vez.

–No teníamos ni idea de lo irresponsable que te has vuelto... –comenzó mamá.

–Escucha, ya sé que las cosas no han sido fáciles y que hemos pasado por situaciones muy complicadas y todo eso... –añadió papá.

–Pero, Minty, esto no podemos tolerarlo. Estamos muy preocupados.

Me contaron lo que el señor Carmody les había dicho sobre mi comportamiento. Que Ned y yo éramos los cabecillas. Que habíamos incitado –*incitado*– a nuestros compañeros a acudir al viejo circuito donde se había celebrado una carrera ilegal de caballos salvajes y se habían hecho apuestas. Y en el instituto habíamos soliviantado a los demás hasta contagiarlos de un frenesí de provocación e indisciplina.

–Mamá, papá, escuchad, eso no es cierto. Es imposible incitar a mis compañeros a acudir a ningún sitio. No son ese tipo de chicos, sobre todo Brendan Kirby, que siempre hace exactamente lo que quiere hacer. Fueron a la carrera de Ballyross por iniciativa propia. El señor Carmody no tiene ni idea. Lo ha entendido todo mal. Serena Serralunga es la mejor profesora que hemos tenido en nuestra vida.

Era evidente que no me estaban escuchando.

Había dañado el buen nombre del instituto, dijeron. Un vídeo del evento colgado en YouTube se había hecho viral. La reputación del instituto había quedado en entredicho, aparte del peligro al que me estaba exponiendo, a mí y a los demás.

El señor Carmody les había comunicado que iban a tener que pensar detenidamente qué era lo mejor para mí. Les dijo que su deber era preocuparse por la buena marcha del centro y que una parte fundamental de su trabajo consistía en tener en cuenta el bien común, y que nos habíamos convertido en una influencia nociva. Ned Buckley y yo.

–Y no me preocuparía demasiado, pero es que eso no es todo, Minty –dijo mi padre mientras se examinaba las uñas; luego me miró–. Podríamos achacarlo a un par de decisiones desafortunadas si no fuera por otra cosa de la que nos hemos enterado.

–¿Qué? –pregunté–. ¿De qué otra cosa os habéis enterado?

–Recibí una llamada, Minty, una llamada de la mujer de Petie Farrell, que pasó por casualidad por Callow Green hace unas semanas. Me dijo que te había visto con un chico de aspecto desharrapado que solo puedo suponer que se trataba de Ned Buckley.

Mamá abrió los ojos como platos y se llevó la mano a la boca.

–No se lo podía creer. Te vio con ese chico, montando a pelo en dirección contraria por Callow Green, seguidos por un coche de policía con la sirena aullando. Dime, Minty, ¿es cierto?

–Mamá –comencé, en tono de súplica–, tú conoces a Ned. Sabes la clase de persona que es.

Pero papá había pasado al modo interrogatorio:

–¿Tienes idea de lo imprudente que es ese comportamiento? Por el amor de Dios, ¿qué te incitó a hacer semejante cosa?

Contesté que lo había hecho porque me hacía sentir mejor. Me hacía sentir bien. Me hacía sentir genial.

Dijeron que se lo debería haber contado. Dijeron que no deberían haberse enterado de una cosa así por una tercera persona, que no debería habérmelo callado. Y yo dije que sí, que había muchas cosas que no deberíamos callarnos, pero por algún motivo lo hacemos.

Seguían sentados muy serios y con expresión impenetrable, cuando mi padre preguntó, despacio y con tono de abatimiento:

—Minty, ¿cómo demonios puede hacerte sentir bien una cosa así? ¿Qué problemas tan graves tienes en tu vida que justifiquen ese comportamiento?

Y entonces fue cuando rompí el mando a distancia. Fue lo que tenía más a mano. Lo tiré contra la pared y varios trozos salieron disparados y volvieron hacia mí como restos de metralla.

—Minty —dijo mi padre.

Mamá dijo que no pensaba continuar con aquella conversación si estábamos todos tan enfadados, pero era obvio que se refería a mí. Se puso en pie a duras penas, con ayuda de las muletas, y empezó a cojear en dirección a la puerta.

—¡Quédate! Deja de huir de todo. Quédate y enfréntate a mí —grité.

—Minty, por favor, no seas injusta —intervino mi padre.

—¿Injusta? Eres tú el que me ha decepcionado, papá, el que nos ha decepcionado a las dos, ¿y te atreves a decir que soy injusta? Espero que estés satisfecho de haberme arruinado la vida.

—Minty, yo no te he arruinado la vida. Eso no es cierto. Estoy intentando por todos los medios entender esto, hacer que funcione.

—Ya, bueno, pues no está funcionando.

Seguí despotricando un rato, le dije que odiaba a Lindy, que no entendía cómo se había casado con ella y que solo había ido a la boda para no contrariar a nadie. Dije que en lo sucesivo pensaba cuidar de mí misma, porque de una cosa estaba segura: ya no podía confiar en nadie. Y dije un montón de cosas más hasta que me eché a llorar.

—Minty, necesito que me escuches con atención, porque esto es lo que vamos a hacer: voy a salir de la sala para hablar con tu madre y, cuando volvamos a entrar, esperemos que ya te hayas calmado.

Recorrí la sala dando patadas a los restos del mando a distancia. Chillé. Mis padres tienen esa irritante habilidad de comportarse como si fueran muy razonables y jamás perdieran la compostura ante situaciones de ira exacerbada.

Me dejaron sola durante quince minutos y, curiosamente, más o menos funcionó. El cúmulo de ira se hizo un poco más pequeño, y cuando disminuyó volvieron a entrar. Mamá había preparado manzanilla, como si fuese la solución a todos los problemas.

Me dijeron que solo cabía hacer una cosa y que sabían que era la decisión correcta, me gustara o no. La decisión fue que no podía volver a ver a Ned. Ned Buckley estaba proscrito.

—Pero ¿de qué estáis hablando?

—Minty, Ned ha sido la causa de toda esta sucesión de problemas, y sabes perfectamente de qué estamos hablando.

–No, no lo sé. ¿Qué ha hecho? Participa en competiciones muy duras, ¿qué hay de malo en ello? Solo es culpable de ganarlas todas.

Entonces mi madre puso esa cara de impaciencia que se le pone cuando está intentando explicar algo que cree que tienes dificultad para entender.

–Minty, Ned es un tipo de persona que quizá no te convenga. Voy a contarte algo estrictamente confidencial, y solo voy a decírtelo porque creo que debes saberlo. Creo que te ayudará a entender un montón de cosas.

–¿Qué?

–Cariño, Ned tiene un retraso académico importante. Todavía está aprendiendo a leer.

–¿Y por qué crees que me va a importar semejante cosa? –grité–. ¿Por qué tiene que ser motivo para que rompamos nuestra amistad?

–Minty, no se parece en nada a ti. Es distinto a todos tus compañeros de instituto. En su vida hay desafíos y carencias, y no te conviene alguien así, por bueno que sea el concepto que tengas de él, por mucho que te guste. Minty, ¿no entiendes qué te queremos decir? Estamos hablando de lo que es mejor para ti.

–¡Ja! –Mi carcajada sonó amarga, como de adulta–. ¿De lo que es mejor para mí? Qué chiste más bueno. No tenéis ningún derecho. No depende de vosotros. No es asunto vuestro, de ninguno de los dos. No tenéis derecho a decirme de quién puedo ser amiga y de quién no.

Y, los dos a la vez, como una sola voz, contestaron:

–Sí lo tenemos.

25

–Es porque vive en una caravana, ¿verdad? ¿Es por eso?

–No, eso no tiene nada que ver. Tiene que ver con el hecho de que ese chico se comporta como un delincuente, y, desde que lo conoces, a veces tú también –me contestó papá.

–Pero si vosotros ni siquiera reconocéis lo fuera de lugar del comportamiento que habéis tenido últimamente.

–Vas a tener que confiar en nosotros y colaborar, ¿de acuerdo?

–Ned Buckley no es un delincuente. Es más valiente y más amable que cualquier otra persona que conozca.

–Va por ahí como un loco en esos caballos salvajes. Minty, ¿no te das cuenta de lo absolutamente desaconsejable que es eso? Conduce la furgoneta de su abuela. Es ilegal. No respeta la ley.

–¡No me puedo creer que precisamente tú digas eso!

Solo lo hizo porque era una emergencia, ¿recuerdas? Para salvarte, para llevarte al hospital.

–Tienes que contextualizarlo.

Les grité que yo no tenía que contextualizar nada, que lo que estaban diciendo era una ridiculez.

Era la primera vez que se mostraban unidos desde hacía mucho tiempo, y yo ya sabía que sería incapaz de hacerlos cambiar de idea. Parecía como si una puerta gigantesca se cerrara con candado. Casi podía oírla. Algo enorme que volvía a su sitio con un crujido y un estallido, un chirrido estridente y un fuerte portazo.

Mandé un mensaje a Ned:

Mis padrs no qieren q vuelva a vert.

Respondió:

Q vas a hcr?

Ir a vert.

Cuando llegué, pasamos un largo rato sin decirnos nada.

–Probablemente tengan razón, ¿sabes? Hay muchas cosas que no sabes de mí.

Estaba tumbada sobre el suelo mullido de Nettlebog. Ned estaba sentado a mi lado con los codos apoyados en las rodillas y la mirada fija en la hierba. Sin mirarme.

–Este mundo está lleno de gente que no entiende nada –comenté.

–Vamos, Minty. No seas tan dura con la raza humana; no es tan mala –dijo al tiempo que daba golpecitos en la hierba con una rama.

–Qué fácil te resulta a ti decir eso.

–No tanto como crees.

26

Ya era oficial: iban a expulsar a Ned. El señor Carmody se lo había dicho al señor Doyle, y el señor Doyle se lo había dicho al señor Kirby, que se lo dijo a Brendan, que nos lo dijo a nosotros.

Le mandé un mensaje por debajo de la mesa:

–Dnde stás?

En ksa

Carmody t ha echdo

Lo se

Voy a defndrt. Voy a hacr todo lo psibl.

Gnial. Tnme infrmdo.

No quería ir a un instituto en el que no estuviera Ned. Creo que no me había dado cuenta de lo segura que estaba hasta aquel momento.

El señor Carmody tenía más noticias que comunicarnos. Siempre lo sabía por su manera de tamborilear con las yemas de los dedos y de esperar a que se hiciera el silencio.

–Por supuesto, también he actuado de manera drástica sobre lo que estaba pasando en Nettlebog y al menos ya no tendremos más problemas de..., ¿cómo os lo diría?..., naturaleza equina.

–¿Qué quiere decir? –exclamé, y en aquel mismo instante noté que se me helaba la sangre en las venas.

El director sonrió apretando los labios.

–He ido al ayuntamiento a hablar con el señor Kirby. Va a enviar una patrulla a Nettlebog para que confisquen los caballos.

Y fue entonces cuando, sin hacer caso de sus gritos ni de sus órdenes, me levanté y me fui.

Todo parece cambiar al atravesar el túnel de árboles de Nettlebog con sus curvas sinuosas y sus ramas retorcidas. Siempre que lo recorría notaba que me ocurría algo. Me daba fuerza en las piernas. Fuera lo que fuera, me daba energía. Me infundía coraje.

No dejé de pedalear con todas mis fuerzas hasta llegar al final de Nettlebog Lane.

–Tenéis que iros de aquí –dije entre jadeos al llegar a la puerta de la caravana, con decisión, pero sin resuello.

–Querida niña, ¿qué estás diciendo?

–¡Van a venir a llevarse los caballos!

–Ah, no, no creo –dijo la abuela, y estaba claro que no tenía ni idea de la situación que se nos venía encima.

–¡Abuela, escuche! ¡Escúcheme!

–Cariño, tranquilízate. No se los van a llevar nunca. Ya me ocuparé de que no sea así. –Y después añadió con una sonrisa–: Siempre me las he ingeniado para arreglarlo.

–No hay tiempo –insistí–. No lo entiende.

Ned ya había echado a correr hacia el cobertizo, presa del pánico. Pero su abuela estaba como en una nube. Suspiró y dijo:

–Minty, Ned, entrad o quedaos fuera, pero esa corriente nos va a matar, así que, si no os importa, voy a cerrar la puerta.

Volvió a entrar en la caravana y yo no pude soportar por más tiempo quedarme allí sin hacer nada, así que empecé a dar golpes y porrazos y a pedirle a gritos que volviera a salir. Y grité tanto y tan fuerte que ni siquiera oí los ruidos a mi espalda. Me volví y vi un coche aparcado junto a la furgoneta de la abuela de Ned; en un costado se veía el escudo de la ciudad con las palabras «Ayuntamiento de Ballyross». Dos hombres salieron del coche.

–Ned Buckley –dijo el tipo del ayuntamiento–, tenemos que llevarnos los caballos. Sabes que tenemos que hacerlo.

Ned estaba inmóvil delante del cobertizo. Tenía una expresión fiera, pero al mismo tiempo parecía que no había oído nada.

La abuela salió corriendo de la caravana y dijo que nadie iba a hacer nada. Me pidió que mantuviera a Ned bajo control y le dijo a los del ayuntamiento que esperasen.

–Que a nadie se le ocurra acercarse a esos caballos. Tengo todos los papeles ahí dentro, por algún sitio –dijo al tiempo que señalaba la caravana y volvía a desaparecer en su interior.

Miré hacia la ventana y vi a la abuela arrancando las tapas de las cajas de latón, abriendo las cajas de madera y lanzando las mantas de colores por los aires.

–¡Váyanse! –gritó Ned–. Están asustando a mi abuela y no tienen ningún derecho a estar aquí.

–Ned, espera –dije para tranquilizarlo–. Tu abuela lo va a arreglar. No va a pasar nada. Tienes que mantener la calma mientras busca los papeles.

–Ned Buckley, debido a varias quejas presentadas y según las ordenanzas municipales de la ciudad de Ballyross...

Me asusté.

–Escuchen todos –interrumpí–, todo esto es un malentendido. La señora Buckley tiene los papeles. Está buscándolos..., no pueden hacerles nada ni a ella ni a los caballos. Tiene todo lo que hace falta y se lo enseñará. Todo esto es un error.

Ninguno de los dos hombres dio muestras de haber oído una sola palabra. Entonces les susurré:

–No pueden decirle a Ned que se van a llevar sus caballos.

–Claro que podemos. Son las ordenanzas –dijo uno de ellos.

–Ya, bueno, pero aunque así sea, por favor, no se lo digan. No le digan que han venido con esa intención, porque si lo hacen, va a pasar algo.

–¿Qué va a pasar? –preguntó el hombre.

–No lo sé. Algo terrible.

27

–¡**M**inty! –gritó Ned–. ¡Minty, tenemos que sacarlos de aquí!

Todo el mundo nos miró.

–¡Corre, Minty, date prisa! ¡Vamos! ¿No has oído lo que han dicho? Tienes que venir aquí.

Supe que nadie iba a ser capaz de detenerlo. Y no me equivoqué. Ned amaba aquellos caballos con una pasión que lo convertía en un ser fiero y vehemente. Le habían enseñado cosas que los demás aprendemos de los seres humanos, pero lo cierto era que no había demasiados seres humanos en su vida.

Puñal y *Phoebe* tenían miedo, de eso también me di cuenta, pero habrían seguido a Ned al fin del mundo y habrían hecho cualquier cosa que él les indicara.

Hay cosas que los caballos entienden: una leve variación del tono de voz de los humanos que aman, el cambio más imperceptible en su expresión. Notan la más mínima tensión de tu cuerpo cuando estás nerviosa, aunque solo sea un poquito. Para ellos es como una tormenta. Ven y sienten cosas que los humanos normalmente no percibimos.

Me quedé paralizada al verlo. Parecía imposible que pudiera escapar con aquellos hombres rodeándolo y el río a su espalda. Ned dio una orden a los caballos y estos se lanzaron al agua mientras todos los contemplábamos. Ahora era Ned quien tenía el control.

–¡Adelante, adelante! –gritó.

Y los caballos se metieron en aguas cada vez más profundas sin dejar de resoplar. Ned corrió y se subió al columpio de un brinco, desde allí tomó impulso y, cuando se encontraba muy alto sobre el agua, saltó para aterrizar a lomos de *Puñal*.

–¡Ven, Minty, te necesito! –rugió.

Y así me hice con una nueva historia, como todos los que allí estábamos: la historia del momento en que seguí a Ned, el momento en que salté desde el columpio, como él acababa de hacer, el momento en que aterricé sobre el lomo de *Phoebe* y seguí a Ned y a *Puñal* hacia la otra orilla. Los hombres que creían que tenían el poder solo podían observarnos. Lo único que hicieron ante aquella situación fue ser testigos impotentes y embobados de cuando nos fugamos, ganamos la orilla opuesta y saltamos sobre las matas como si tuviéramos alas.

Las sirenas aullaban y ya se había organizado la persecución; hay un puente que conduce a la otra orilla, con lo que no tardaron en cruzar el río. Seguimos galopando sin parar, pero los oíamos cada vez más cerca.

–Ned, ¿adónde vamos?

Los arbustos eran más altos en aquella zona, y no conocíamos aquella parte del río tan bien como Nettlebog. Ned no contestó, seguía en cabeza aferrado a *Puñal* y aunque le hubiera pedido que me esperase tampoco habría reaccionado.

Yo no dejaba de pensar que algo malo iba a suceder y que no podría hacer nada para evitarlo más que intentar seguir adelante, intentar mantener el ritmo de Ned.

Desapareció de mi vista por un instante y exclamé:

–¡Vamos, *Phoebe,* más deprisa, puedes hacerlo!

Pero *Phoebe* lo supo antes que yo, porque algo la hizo aminorar la velocidad, empezó a caminar con más tiento y alzó las orejas para oírlo mejor. El chirrido. El choque.

Hay cosas por las que uno no puede hacer nada por mucho que lo intente, y a veces no importa lo valiente que se sea ni lo fuerte que sea su deseo.

Puñal yacía sobre el suelo pedregoso y Ned estaba llorando con la cabeza apoyada sobre su caballo. Todo su cuerpo lloraba, y todos estábamos a su alrededor mirándolos.

Yo no quería que nadie oyera el ruido que Ned estaba haciendo. No voy a describirlo, porque sería indigno para él, y yo jamás querría hacerle algo así.

Pero vinieron todos, y lo oyeron de todas maneras.

Los hombres de rostro solemne se apresuraron a abrir sus cuadernos y se arremolinó alrededor un montón de gente que se puso a hacer fotos con sus teléfonos. Las sirenas aullaban en mi cabeza.

No creo que a Ned le importe que os diga que le dijo a *Puñal* que lo sentía mucho. Le dijo que todo había sido culpa suya.

Se quedó mucho tiempo junto a *Puñal* y no parecía consciente de que hubiera tanta gente mirando. Ni parecía que le importara. Nadie tuvo valor para apartarlo de su caballo, ni creo que nadie hubiera sido capaz, aunque lo intentara. Recuerdo que no parecía él. Su aspecto era de absoluta soledad. El de alguien que sabe que no hay nadie a su lado. De repente parecía muy pequeño y perdido. Parecía un chiquillo.

–Déjenme en paz, y dejen en paz a mis caballos. Estamos bien –dijo Ned.

Se limpió algo que le salía de la nariz y le dejó un rastro rojo en el brazo. Era sangre. Se le pusieron los ojos en blanco. Cayó sobre mí y se deslizó al suelo.

Puñal se movió. Se revolvió un poco, pero logró ponerse en pie con dificultad.

–¡Ned, *Puñal* está bien! ¡Está bien! ¡Ned! –exclamé–. Tenías razón. Hace falta algo más que un traspié en terreno pedregoso para tumbar a *Puñal*.

Ahora era Ned el que no se movía.

Puñal se situó junto al cuerpo tembloroso de Ned, estremeciéndose y relinchando de una manera que parecía que él también estaba llorando.

Necesité la ayuda de otras cinco personas para apartarlo y que pudiera pasar la ambulancia.

No me preguntéis cómo se enteró mi padre, pero allí estaba, diciendo que ya estaba bien y que me llevaba a casa. Según él, tenía suerte de estar viva. Aquello había sido lo más espantoso que había hecho y encima era la prueba irrefutable de que mamá y él tenían razón en todo lo que me habían dicho.

—Papá, hay un montón de cosas que he intentado perdonarte —dije—, pero si no me llevas al hospital ahora mismo para comprobar que Ned está bien, jamás te lo perdonaré. Jamás, ¿te enteras?

Quizá tampoco sepa nunca por qué, pero, por primera vez en mucho tiempo, mi padre pareció escucharme y, lo que me sorprendió aún más, hizo lo que le pedía.

Corrí por los pasillos del hospital al tiempo que oía mi respiración y el ruido que hacía con los pies al golpear el suelo.

—Tengo que ver a Ned Buckley. —Mis palabras brotaron entre sollozos.

—¿Qué parentesco tiene con el paciente? —me preguntó la enfermera de ingresos.

–¿Que qué parentesco tengo con el paciente? ¿Qué parentesco?

Inspiré muy hondo y me sentí como me imagino que se debe de sentir cualquiera cuando está a punto de decir algo transcendental, algo importante.

–Amiga –respondí–. Su mejor amiga.

Lo repetí tres o cuatro veces, como si lo necesitara, ansiaba que todo el mundo lo escuchara y lo supiera; como si se lo estuviera anunciando al mundo entero.

La abuela de Ned ya estaba allí, sentada junto a su cama. Lo había solucionado todo. Los caballos estaban bien. «Un poco conmocionados», pero ninguna lesión grave. Estaban en los establos del veterinario, donde los iban a atender bien.

–¿Se los van a llevar? –pregunté.

–Una porra –dijo, lo cual significaba que no; luego continuó, indignada y orgullosa–: Quizá esos chicos del ayuntamiento no sean conscientes, pero se van a meter en un buen lío por lo que han hecho.

La abuela tenía todos y cada uno de los papeles necesarios, por supuesto. Había tardado un rato en encontrarlos, pero allí estaban –el certificado y la cartilla veterinaria–, y es cierto que en Nettlebog es ilegal que los menores tengan caballos en propiedad, pero ella era la dueña legal de *Puñal* y *Phoebe*. Todo estaba en orden y no hacía falta nada más, aparte de meter un buen paquete a esos jóvenes presuntuosos del ayuntamiento.

–Se van a arrepentir –susurró para sí–. Nadie puede irse de rositas con esas tonterías, no cuando atañe a mi niño y a sus caballos. No pienso tolerarlo.

Aunque estaba sonriendo, me di cuenta de que seguía enfadada, pero en algunas personas la ira es un lugar seguro: saben de lo que hablan y parece que lo van a solucionar todo. Así era en el caso de la abuela de Ned. Un enfado positivo. Sincero y honesto.

La abuela dijo que estaba segura de que teníamos mucho de qué hablar. Y cuando Ned me miró, me pareció ver en él cosas que no había visto antes.

La abuela de Ned tardó mucho en tranquilizarse. Estaba harta, decía. Estaba más que decidida a hablar con el mandamás del ayuntamiento y exigir una disculpa. Dijo que aquella profesora, Serena, le había dicho que su nieto rendía homenaje a una tradición muy antigua.

Dijo que Serena había hablado con ella después de la carrera y que había invitado a Ned a ir a Siena cuando quisiera.

–¿Cuántos ciudadanos de Ballyross, con todo lo que presumen y esos aires que se dan, pueden decir que han sido invitados a ir a Siena?

Y entonces un nuevo sentimiento de ánimo se despertó en nuestro interior: el que nos permitió creer que podríamos ir a Siena. No en sueños, sino aquí y ahora. En la vida real.

Es curioso cuando lo piensas. Cuando te das cuenta de que alguien puede mantener una conversación que se convierte en una posibilidad y al final se transforma en un plan firme. Eso fue básicamente lo que sucedió. Y así fue como el sueño remoto de ir a Italia se hizo realidad para Ned.

–Solo iré con una condición –puntualizó.

–¿Qué condición?

–Que tú vengas conmigo.

28

Desde que Serena empezó a explicarnos lo que era *Il Palio,* Ned decidió que tenía que ir a Siena, y no cambió de opinión sobre su empeño en que yo también fuera, así que al final organizamos el viaje juntos.

Su abuela fue nuestra aliada, y parecerá un pequeño milagro, pero mis padres ya no estaban alarmados por lo que llamaban «el problema con Ned Buckley». Habían ido a un terapeuta que les explicó que prohibir algo es la mejor manera de hacerlo más atractivo, así que me dijeron que también estaban dispuestos a colaborar. Hablaron con Serena por Skype para confirmar que la invitación iba en serio. Ned utilizó el dinero que había ganado en la carrera de Ballyross para comprar los billetes y los reservamos con la tarjeta de crédito de mi padre desde uno de los ordenadores de la biblioteca, un sábado de junio, muy temprano.

La abuela de Ned nos llevó al aeropuerto en su furgoneta blanca y oxidada.

Serena nos esperaba en Pisa, tan chispeante y mágica como siempre. Fue genial volver a verla. Dijo que cuando tenía que recoger a alguien en ese aeropuerto, lo normal era llevarlo a ver la torre inclinada, pero aquella no era una ocasión más, no era una visita normal y no había tiempo.

—Bienvenidos y gracias por concederme el honor de ser mis invitados —dijo—. Nunca podréis imaginar lo importante que es para mí.

Metimos nuestro equipaje en su casa. Nos enseñó nuestras enormes habitaciones. Nos dijo que nos esperaría abajo con algo de comer cuando estuviéramos listos.

Los bocadillos de Serena estaban deliciosos. *Mozzarella* fresca, albahaca, tomates de un rojo intenso. Los colores de la bandera italiana.

Tenía un establo lleno de caballos y una sobrina llamada Lucía que nos saludó con un apretón de manos y un beso en cada mejilla y nos dijo que estaba encantada de conocernos por fin. Sabía que un día habíamos ido al instituto galopando sobre unos caballos que se llamaban *Puñal* y *Phoebe*. Sabía que mi madre se había roto una pierna y había estado ingresada. Dijo que Serena opinaba que éramos dos de los mejores alumnos que había tenido en su vida.

—Sé que me fui precipitadamente, y lo siento —dijo Serena—, pero estaba segura de que de otro modo solo habría empeorado las cosas.

Como nos había dicho, Serena pertenecía a una antigua familia de la nobleza italiana. Eran los propietarios de una casa en la Piazza del Campo, que tenía un balcón desde donde íbamos a ver la carrera. Y si no queríamos perdérnosla, más valía que nos diéramos prisa.

Nos metimos por una calle estrecha empedrada y nos encontramos en la plaza en forma de abanico. Era magnífica; la antigua torre del reloj de piedra de color rojo y crema sobresalía en lo alto.

Es verdad. Ned y yo hemos estado allí y lo hemos visto.

Ned me tiende la mano cuando salimos al balcón y, como si fuera lo más natural del mundo, le tiendo la mía, y las entrelazamos y no las soltamos, así que supongo que nos estamos dando la mano, y luego él me atrae hacia sí y apoyo mi cara en su cuello y noto su fragancia –que ya no huele a hoguera, sino a clavo y a menta–, y si la fe huele a algo, tiene que ser el aroma de Ned. Me empapo de su olor y me dejo envolver por un sentimiento desconocido que no tiene nombre.

–Hola –le digo, como si no nos hubiéramos visto en mucho tiempo.

–Hola –responde.

Y me mira, y sus ojos oscuros no se apartan de mí. Es la única persona que no se mueve en toda la inquieta, abarrotada y palpitante Piazza del Campo, y entonces lo veo en su totalidad, no solo su exterior. Y él me ve a mí de la misma manera. Ve a la niña pequeña, a la adolescente enfadada, a la persona que ha creído en él y a la amazona intrépida y confiada. Y el valor y el miedo y la tristeza, todo lo que hay en mí.

El clamor y el bullicio van en aumento. Algo está cambiando en la Piazza del Campo. El espacio parece estrecharse.

–Mira –dice Ned.

Contemplamos la plaza, los *fantini*, las banderolas, los colores y el gentío atronador.

Tiene expresión de absoluta seguridad en los ojos y hay cosas en las que Ned tiene razón y que nadie más entiende. Cuando termine El Palio, sé que tendré una oportunidad de oro para besarlo.

Si has asistido alguna vez al Palio, hay cosas que nunca podrás olvidar. Cómo caracolean los caballos en la línea de salida, listos para correr. Cómo todo el mundo espera en tensión ese momento previo al comienzo de la carrera. Nosotros también, y estamos preparados y sabemos que está a punto de llegar.

Y es mejor y más vibrante y más espléndido que cualquier otra cosa que haya visto en mi vida.

No sé lo que se le pasará por la cabeza a Ned, pero me imagino que lo mismo que a mí. Un día podríamos ser nosotros. Tan fuertes, tan veloces y tan intrépidos como los *fantini*. Tendremos la misma expresión en nuestros rostros – impávida e inmutable–, y estaremos dispuestos a darlo todo. Todo lo que llevamos dentro.

El balcón se llena y todos nos apretujamos entre empujones, griterío y agitación.

Veo que Ned alza ligeramente las cejas, como suele hacer, que pestañea y que está a punto de decir algo:

–Escucha, Minty, yo –grita, pero la muchedumbre ruge más fuerte que nunca.

–¿Qué? ¿Qué has dicho?

Ned señala al hombre de la camisa blanca.

Aunque lo estábamos esperando, el pistoletazo nos sobresalta y nos hace dar un respingo.

Y los caballos, espléndidos, fuertes, lustrosos y comprometidos con lo que están a punto de vivir, echan a correr.

Agradecimientos

Quiero dar las gracias a mi maravillosa editora, Fione Kennedy, por su experiencia, su buen hacer y su estupendo ánimo, que son para mí una fuente permanente de alegría.

Jo Unwin posee una magia que cautiva a todo el que la conoce. El verano pasado me llevó de minivacaciones con el propósito de escribir. Aquellos días me hicieron pensar que cosas tan sencillas como la generosidad y la buena alimentación son bases sólidas para el bienestar y la creatividad. Gracias también a Dido Crosby y a Anne Buchanan por su maravillosa hospitalidad.

Gracias a mis primeros lectores, Ben Moore, Mel Sheridan, David Moore y Fliss Johnston.

Un enorme y muy especial agradecimiento a todo el equipo compuesto por mi fantástica familia, amigos y todos aquellos que me animaron a escribir, a saber: Eoin Devereux, Julie Hamilton, Sarah MacCurtain, James Martyn Joyce, Fergal Molony, David Moore, Paul Moore, Morgan Moore, Meredith Moore, Joe O'Connor, Clare O'Dea, Fionnuala Price, Adele Whelan y Bob Whelan.

Una mención especial y cariñosa a Alma Rose, la última en incorporarse a nuestro clan.

Estoy profundamente agradecida por el apoyo de Valerie Bistany y de todos los miembros del Centro de Escritores Irlandeses. El enorme privilegio de recibir la beca Jack Harte me ha concedido tiempo y espacio para escribir en el fascinante Centro Tyrone Guthrie.

Todo mi amor y mi agradecimiento a mis fabulosos hijos Eoghan, Stephanie y Gabriela, y, como siempre, a Ger Fitz, el amor de mi vida.

Sarah Moore Fitzgerald

Esta es una historia maravillosa, hermosa y conmovedora
que habla de esperanza y de tartas de manzana.
Pero en este libro no encontrarás tartas de manzana
normales y corrientes. Encontrarás tartas mágicas.
En cuanto las pruebes, el mundo te parecerá muy
diferente. Las cosas empezarán a cambiar y,
cuando hayas tomado un trozo,
sentirás que todo va a salir bien.

«Una historia sencilla pero muy realista y profunda,
que nos muestra uno de los problemas a los que se enfrentan
muchos adolescentes hoy en día.»

—El rincón de libros